U0603974

微小的命运

李静睿 著

广西师范大学出版社
·桂林·

小阅读·文艺

命运屈从于外力　也屈从于内心

contents

目 录

2012 年 11 月，我开始写这个故事，在纽约皇后区一栋近百年的老房子里。很多朋友觉得我们不应该住这个社区，中国人、东南亚人、墨西哥人，以上三种人会凑在车库里打一桌麻将；路边有黑人高中生抽大麻；再往后走几个街区，发生过连环凶杀案。有个朋友跟我感慨，如果女儿以后一辈子住在"皇后区这种烂地方"，她会非常失望，她的女儿在第二年考进哈佛，大概永远走出了皇后区。

我在皇后区过得很好。身为暂住一年的游客，我体会不到那些让人不安的东西——肤色、收入、地位、阶层——我只享受了一个廉价而安静的纽约：一美元三把葱，广东人开的西饼店咖啡齁甜，但有刚出炉的老婆饼。后院空旷破败，铁丝网锈迹斑斑，整个秋天我都在扫不可能扫净的落叶，彻夜大雪后有猫走过，留下梅花形脚印。当然我也经常去曼哈顿，在 MoMA 看凡·高，去东村吃日本菜，去大学教授的家中过圣诞节，经过用查理·布朗和史努比玩偶装饰的橱窗——你也知道，就是那种让人觉得理应如此的纽约生活。

回家时走出地铁，看黑人排着队吃四点五美元三荤一素的中式快餐，可以选一条黑乎乎的红烧鱼。我想到老家有类似的盒饭，专卖给干力气活的工人们，菜很咸，所以量不需要多，但随便添饭，有些人就一直添，我坐在边上的小炒店里，看他们蹲在路边，把那些饭吃完。我为纽约和家乡之间的巨大落差和微小相似着迷，于是开始动笔写这部小说，那个时候我已经写完《小镇姑娘》和《小城故事》，这两部作品有诸多毛病，却对我很重要。在技术上，它们让我在长达十年的中断后，渐渐重新握住写小说的笔；在情感上，则像往外吐出自我，在吐干净之后，我暂时对书写自我和记忆都失去兴趣，我想写他人，也想写当下。

　　《微小的命运》基于一个简单疑问：到底是什么决定生活的流向，是命运，还是人心？在前两本书中，我书写命运，尤其是苦难中人的不可选择，但在这一本中，我想写在那些谈不上任何苦难的生活中，人心是如何反作用于命运。以前我相信命运是一条不可辩驳的河流，我们唯有顺流而下；现在我却相信它在途中有诸多分叉，也许所有分叉最终又将汇合，但我们仍然可以选择，是选择让这一切有所不同。于是有了这本书的题记："命运屈从于外力，也屈从于内心。"书中主体故事平行发生于纽约和自贡，又有一部分发生在北京，城市和际遇带来不同，却并没有那么不同，因为人心的相似带来更多相似，犹疑、软弱、动摇、勇气、决心，是它们带领我们，走向命运的结局。

　　在最初的想法里，它是一个爱情故事，但最后它只是一个关于爱情的故事。这本书断断续续写了两年，中间我修改其他书稿、写两个专栏，又陆续写了一些看起来题材"更重要"的短篇，同时在酝酿一部新的长篇，这一度让我对这本书失去信心，觉得它试图面对的问题太小，也太不重要。但2014年冬天，生活发生了一些剧变，两个好友在一个月之内先后出事，我们总是回家很晚，雾霾深重，在什么都不能做的暗夜里，我会打开这个文档写上几行字。这给了我无限安慰，它让我觉得，命运中有不可能被夺走的部分，最无用的东西，会在最无望的时候帮助你。就这样，在这几年难得的持续低潮中，我一鼓作气，完成了初稿和第一次修订，写到结尾，我想，没有什么比我们如何面对命运，更重要的事情。

最后是题外话。有一天看到朋友的新书，他在序言里说，朋友总说他应该有个定位，但他又不是一颗卫星。我也收到过如此劝告，"定位"的意思，大概是选定一个位置，让他人能更清晰地寻找到你。但我并没有找到这个位置，恢复写作五六年，如果给我写的故事加上标签，会发现既有"乡土文学"，也有"都市爱情"。这一两年我写了几个政治意味很重的短篇，而正在写的长篇发生在一百年前，属于"历史半架空"。在这些作品间隙，我还一度化名去言情小说网站写连载（写了四万多字，一共只有一千多个点击，不怪读者，的确写得很差）。写这篇自序时我生活在东京，因为看了一本叫《春画入门》的学术书籍（主要是看了插图），雄心勃勃地想写一个艳情故事，类似《金瓶梅》第二十七回，"李瓶儿私语翡翠轩　潘金莲醉闹葡萄架"。

有一天我去超市买菜，发现日本人在每一种食物上标注精确产地，豆腐来自埼玉，冬瓜是冲绳直达，一种我不认识的鱼被开膛破肚，写上北海道某个地名。一颗葡萄也能明确定位的世界当然挺好，但我不是葡萄，我还没有想好长在哪里。

李静睿

2015 年 10 月 17 日

　　《微小的命运》起笔于十年前，我正好三十岁，辞掉工作，在纽约住了一年。那时把这一年当作一个放纵的假期，写着不知道哪里能出版的小说，过着潮水一般生机勃勃却没有方向的生活。潮水回旋又起伏，我从中获得的东西，已经远远超过预期，但再翻开 2015 年的初版序，我又对那个"还没有想好长在哪里"的自己，有点羡慕。

　　写完一本书后我总会迅速忘记，因为心里的故事还有太多。《微小的命运》里的种种情节已经让我陌生，但我记得那时破旧的房间，挨着窄窄马路，有时候冰淇淋车会摇着铃铛走过，如果觉得那一天写得还算顺利，我会拿起四个平日攒起来的二十五美分硬币，出门买一个香草蛋卷冰淇淋，坐在台阶上吃完，那就是我对自己唯一的奖赏。

　　十年后并没有更多话想说，只想记得这个。记得这一美元的奖赏，可以追随潮水，最好逆水行舟。

李静睿

2021 年 12 月 28 日

第一部

我和林微微

1　纽约　◗ ● ● ●

从十月开始，纽约一直在下雨。

睡前我往脸上涂面膜，想到这个句子，像一封信开了头，又意识到不知道该写给谁，就凭空在黑暗中把它一个字一个字删去。

后来睡过去又清醒，听到窸窣雨声，我在床上挣扎，想爬起来去后院把衣服收了。我从车库窗口拉出两根网线，系在篮球架上，晒我最后两条干净睡裙，粉红色的有大红腰带，白色的印几朵潦草大花，统统三块九毛九，买自法拉盛。在法拉盛以外的地方，我是那个执拗古怪的中国人，不肯推车去洗衣房，买了全自动洗衣机放在厨房里，三百美元，另加二十小费，脱水时整栋房屋无规律震动，像一场发源于厨房地板的大规模性爱。不肯用烘干机，衣服晒在网线上，松鼠蓬着大尾巴爬过内衣，踩出细小脚印。有时候天光明亮，灰黑鸽子鸣笛经过，衣服上留下热腾腾鸟粪，鸟粪不臭，一股让人好奇的酸味。

雨声渐渐似鼓，让挣扎更显艰难，但雨下大之前我必须把衣服收回来，否则篮球架上的铁锈会顺着绳子一路下行，给万物加上暗红色斑点，我被这些不能克服的细节叫醒，横亘在凌晨五点的纽约。从厨房出后门，踩一双黑色人字拖，买自九十九美分店，鞋底坚硬，走起来铿锵作响，院子里满地落叶，打湿后走在上面，是一条看不清虚实的暗路。有只小东西慢吞吞从我脚背上爬过去，很小的猫或者很大的老鼠。我尖叫半声，却马上想到二楼留络腮胡的墨西哥男人、三楼似乎也长胡子的犹太女人，以及隔壁偷渡来的福建莆田人，于是把剩下半声音节硬吞回去，我不想让他们反复确认，我是那个有点毛病的中国女人。

院子里的感应灯总是一闪而逝。在过去一年，我试图说服自己，我应该在纽约找个男人，这样我晒衣服的时候，他可以一直站在感应灯下面，我就能分清袜子和内裤，衣服偶尔掉下来，也不用摸一地落叶，或者猫屎。万事都悬而未决，我自以为找个男人就能中止这种悬而未决，好像野火即将烧尽一切，我却幻想一点点湿土可以抵挡汹汹火势。

感应灯始终不亮，回到床上才有耀眼白光，照亮这在雨中更显破败的后院，可能下面站了另外一只猫，得极胖的一只猫才能让这么愚钝的感应灯一直亮着，但纽约到处都是极胖的猫，就像纽约到处都是极胖的人。二楼的墨西哥男人，像买米一样一袋袋买糖，五十磅①装，堆在蓝色小推车里。偶尔看到他带同样体积的女人回家，我就搬到另外一间卧室

我
和
林
微
微

---

① 英美制重量单位。1 磅约等于 0.45 千克。

去睡，半夜天花板哆嗦着掉灰，我会用四川话小声骂人。我躺在小卧室弹簧坏掉的床垫上，反反复复对着天花板说：哈PI，胖墩，肥婆娘。我的四川脏话词汇量其实也贫瘠。

我疑心自己其实是嫉妒，嫉妒胖子和胖子肉身拥抱时腾腾上升的白色雾气。

感应灯终于熄了，窗外彻底黑下去，没有人彻夜不眠或者留着一盏灯。夜晚真长，每一个夜晚，我裹着棉被想，床边温度计显示只有华氏五十五度，要再低两度才能达到房东开暖气的标准。棉被来自通州早市，新疆人新弹的棉花，一床五斤，一床八斤，我装进真空压缩袋里带到纽约来，棉花晒得喷香，蓬松炸开，竭尽全力才能塞进被套里。五斤的那床现在就压在身上。没有男人的时候，有床被子似乎是不坏的选择，质量很重要，速度、浮力、压强、动能、波、频率，种种概念，质量是唯一让人能踏踏实实感知到的物理名词。一个人待得太久，连没有说出的话都变得粗鄙，文明源于社交，也可能源于性交，大概是，肯定是。

从十月开始，纽约一直在下雨。我又想了一遍这个句子，发现它不仅是个开头，事实上已经结尾，而且雨早就停了，刚才的一切都是徒劳。

1　自贡　●●◖◖◖

　　林微微觉得热，七点从床上坐起来擦汗，浑身滑腻，好像整晚浸泡在油里。上一场雨还没下完，她匆匆把麻将席换成被单，这是个错误，但谁知道都十月了气温还会超过三十度。暖黄色格子床单适合秋天，现在一眼望过去，乱糟糟的烦热，没有真的打湿，不过有股潮湿腥味。

　　在自贡，这股腥味无处不在，清晨的菜市场，上下班高峰期的公交车，从来没有真正干透的毛巾，正刷着牙，不由分说钻进喉咙里，从北京回来之后，林微微总换牙刷。难得一天有青天白日，她在院子里铺张油布，把零零碎碎的东西放上去晒：毛巾，内裤，胸罩，袜子，枕巾，每一双皮鞋，每一把牙刷。父母的房子本不带院子，但一楼每家都从厨房开个后门，把小区花园围起来一块，他们也照例这样做了。月季、栀子花、一株从来不结果的枇杷树、七星小米椒、小白菜，城市中拥有菜园子的自豪感。林微微回家第一天，晚饭后在院子里剥橘子，看见花生苗疯长到半米，开出今年第一批黄色小花。

窗帘是印花薄纱，停满彩色塑料蝴蝶，因为妈妈觉得美。从密密蝴蝶间隙看出去，又是个阴天，惨白云朵死死压住屋顶，越是阴天越是闷热，这场雨始终没有掉下来。林微微两周前就翻出秋天的衣服，但秋天迟迟不来，苦死了等待的人。

林微微穿内裤和背心洗脸，丝丝缕缕腥味中，她凭空想到这句话。有一年在北京，她和任宁在保利剧院看《等待戈多》，一个都柏林小剧团的版本，说不上好坏，但两个人成功地全程没有拿出手机。他们都不怎么爱看话剧，只是身在北京，两个三十岁的名牌大学毕业生，好像应该如此，看话剧、逛书店、排队两个小时等故宫特展。任宁看完后，随意改了台词，原话是"希望迟迟不来，苦死了等待的人"，因为一走出剧院，蓬蓬热气扑面而来，任宁说："热死了，赶紧回去吹空调。"

东二环一直打不到车，他们只能走到朝阳门，还没走到外交部，两个人都湿透了，林微微闻到任宁身上的汗骚味，不显眼地走远两步。任宁体味偏重，早上起来林微微不想和他接吻，但他喜欢那些林微微不喜欢的事情，不洗头的那天出门吃饭，着急上班的清晨做一场仓促而带着口气的爱，唯有靠撞破井井有条的恋爱生活，任宁才能和林微微继续恋爱。

那是九月最后一天，游客开始潮水般涌进北京，旅游大巴堵住整个二环，公交车反而空荡，很多坐公交的人都回家了。他们犹豫片刻，没有去坐地铁，等了一辆平时很难挤上去的 619 路，坐在倒数第二排。车一开动，任宁拿出刚才在路边 711 买的两个叉烧包，他们一人一个叉烧包，喝同一瓶屈臣氏矿泉水，从朝阳门到管庄还有一条漫长的朝阳路，619路没有空调。回家之后他们才会做晚饭，两个人在车上商量好，在楼下买份凉拌猪头肉，随便做个青菜汤或者炒一把鸡毛菜，米饭是中午剩下的。他们会一起洗碗，分开洗澡，接下来或者做爱，或者睡觉，窗帘死死拉紧，走廊里留着一盏黄色夜灯。那是一个过得去的晚上，像每一个晚上，除了空气燥热，秋天迟迟不来。

林微微随便找了件白色衬衫出门，在小区外的早餐铺吃肥肠粉，端上来又觉得油，只吃了两口，仅仅这样已经出了一头一脸的汗。坐对面的中年男人吃一口牛肉面，再看她一眼，几根芫荽夹在焦黄牙缝里，这里不大有人洗牙，每个男人又都抽烟，从早到晚喝茶，自贡水质重，绿茶泡出来也是一片赤红，没多少男人的牙齿还看得出本色。林微微付完账出门，才想起来自己忘记穿打底，真丝白衬衫太透，可以清楚看到内衣，这都没什么，她只是为这件内衣是全罩杯，显得又大又蠢而懊悔，虽然看见它的不过是个牙齿焦黄、满脸油汗的陌生男人。

过了好几辆出租车，她还是一直等到31路，人不算多，但也足够让她到自贡市司法局门口时上半身全湿了。门口接待室的女人大概四五十岁，愤恨地盯着她的胸脯看，又扫了一眼出入证，挥挥手让林微微进去了。

林微微坐在电脑面前，开始今天的工作，她是自贡市司法局宣传部干事，重点本科，又有律师执照，局里破格给了她副科级。她快速看了一遍区里给的宣传材料，几分钟就打出一个大标题：《治外伤导致截指，成功调解获赔偿》。然后重起了一行，用同样大的二号字打出来：秋天迟迟不来，苦死了等待的人。办公室空调效果不好，林微微身上始终积着汗，这行字一直留到了她写完这篇通稿，才一个字一个字删去。

2　纽　约 ⟩⟩●●

　　刚到纽约，我住在 113 街和 Broadway 的交叉处。上西区的房子都是那样，贵，乏味，近百年的红砖楼，台阶两边是铁扶手，做成一朵朵黑色玫瑰。身高超过两米的黑人 doorman 站在门口，永远穿黑色西服和深灰色衬衫，系一根深蓝色暗条纹领带，假模假式给你开门。付完学费和房租后，我穷得受不住这些细节，又疑心应该给他小费，所以老是抢时间自己先抓上门把手。

　　地下室有洗衣房，投币两块钱洗衣，再投三块钱可以烘干半个小时，我舍不得这三块钱，一直偷偷摸摸地把衣服晒在卧室里，没有地方挂，只能摊开了放在所有平面上，内衣搭椅背，牛仔裤放书桌上，地上铺一张《纽约时报》，就可以晒裙子。报纸油墨未干，白裙子斜斜地印上了大标题，我穿着"Bombing in Northern Syria Kills Dozens"出门，一路上都有人歪着脖子读我。

　　衣服永远不干，穿着润湿内衣去上课，像一场缠绵不断的抚摸。电梯哐当乱响，有时候会突然停在半路，思索几分钟才重新往上走。第一次出现这种情况，我惊恐地一把抓住身边那个男人的手，导致之后每次在电梯里遇到，他都要对我挤眉弄眼。一个白人，鼻头通红，手臂上有金色长毛，肚子凸出平面三十厘米，还以为东方人会欣赏他奇异的、其实不存在的美。

三人合租的三室一厅，我来得早，挑到了主卧，落地大窗朝西北，望出去能隐约看到哈德逊河，月租一千三百块。没有家具。都说纽约什么都能捡到，刚到那个月我一直在地板上铺着床单，每天四处游荡想捡点什么，捡了一个月没有捡到床，倒是零零散散把锅碗瓢盆捡齐了，在110街捡到一把丝绒沙发，鲜红色绒面剥落大半，坐上去直直下陷，我就每天陷在里面，读永远读不完的课后材料，半夜三点去厨房煮一碗辛拉面。上西区的凌晨三点，有一种昂贵的寂静，再往北二十个街区的哈莱姆区，据说半夜会有枪战，但房租只要七百块，有个读LLM的同学住在那里，他说自己听到枪声，一时不知道该怎么办，就起床做起了馒头。

最后花三百块买了最便宜的床架，又用两百块买到一个二手床垫，这笔钱让我痛苦。在把生活凭空提高了八十公分的第二天，我在112街撞到有人刚刚扔出来全套床具：铁艺床架、席梦思床垫、两个枕头、一个实木床头柜。两个韩国人兴高采烈地四处打电话，找朋友来帮忙搬走。这件事和那五百美元一起重重地压在我心上，好几天不能缓过劲来，回到房间里赌气，又睡在地上，半夜地板上有不明生物爬过，为了制止那细细声音，我爬起来戴上耳塞。纽约羞辱了我，就像北京做过的那样，这狗日的城市，每一座城市。

两个室友，一个二十二岁的新加坡姑娘在商学院，一个三十岁的德国男人读应用化学。新加坡人不喜欢我，大概因为她不喜欢被认成中国人，连带着也不喜欢中国人，何况她比我黑了三个色号。德国男人除了上课，整日整夜把自己锁在房间里，我一开始就认定他是 gay，后来想到他也不出门去东村，又开始认定他每天是在网上跟人 camera sex。

我们几乎从来不说话，任何人和任何人，大概因为都拿不准对方的英文水平。有一次在哥大图书馆前面的台阶上，三个人都在，都买了沙拉，都默不作声地埋头吃这盘草，我第一次注意到新加坡姑娘虽然皮肤又黑又粗，但轮廓很美，眼窝深深凹进去，睫毛天然卷长。德国男人解开了衬衫的三颗纽扣，露出浓密胸毛，除此之外，他的腰身鼓鼓囊囊地塞进牛仔裤里，吃完拍拍屁股走人，我看到他屁股浑圆。我审视他们，就像审视两个从未见过的人，我不觉得我有室友，也不觉得我有同学，纽约另外八百万人大概都是鬼魂，只有我有血有肉，拼了命活着。

在 113 街住了半年，我发现这笔钱在皇后区可以租 house 的一整层。我立刻搬家，《世界日报》上找到的"良运搬家公司"收了我四百块，声势浩大开一辆卡车到公寓楼下，最后只填满了一个小小角落。我的床架，我的床垫，我的红色丝绒沙发，我需要垫一叠卫生纸才能不倾斜的书桌，还有我十几套廉价性感内衣。

我跟着车到了皇后区 90 街五十三大道，马路两边是整整齐齐的独栋房子，也有人家颇费心思布置花园，铺一条碎石小路，栅栏上爬满九重葛，我将住在最破的那一栋里。两个广东工人卸完东西，我给了每人十块小费，他们眉开眼笑地说"多谢靓女"。杂物散落在厨房里，我坐在后门台阶上先抽了根烟，纽约的烟加税要超过十四美元，还是万宝路，我从国内带过来一条软玉溪，这是最后一包。等到烟抽完，我突然发现，万物发芽，连垃圾桶边上都开着粉红小花，纽约的春天到了。

2　自　贡

　　回自贡那天怕是有四十度，走出双流机场，林微微狠狠往脸上涂防晒，白日灼眼，好像四川一整年的阳光都倾盆大雨倒在今天。长途汽车站的空调坏了，又有人热火朝天地吃泡面，康师傅红烧牛肉面无处不在，再加上涪陵榨菜和双汇王中王简直就是战无不胜，林微微走到门外去，说是透气，却哪里都让人窒息。

　　一个化浓妆的小姑娘坐在大箱子上玩手机，她不会超过二十岁，宝蓝色眼影被汗水晕开，慢慢淌过雪白脸颊，但她还是一直盯住手机屏幕，好像和自己的身体划江而治。林微微点了支软玉溪，吐出一个正圆形烟圈，衬衫贴紧皮肤，潮热中她明确知道，自己再也不会回到北京。

　　北京的夏天，走到树荫下温度低至少五度，大部分晚上都有风，月亮裹在含混黄晕中，到了八月中旬就会犹犹豫豫要不要半夜关掉空调，一直犹豫一直犹豫，然后突然一场大雨，秋天到了。她和任宁住在管庄，那里没有什么明确的夏天。

有时候她会和任宁坐七八站公交车去通州，沿着运河走到漕运码头。河边的盛夏格外盛夏，草坪上开满黄色酢浆草，停留一会儿也要噼里啪啦打蚊子，水边蚊子咬出来的包圆而饱满，她一直想哪次带着花露水过来，却始终忘了，就像他俩一直想在河边做一次爱，长裙里什么都不穿，这件事也始终没有成真。也不知道怎么回事，那几年关于夏天的种种计划，无一例外地落空了。

她抽烟的时候想到那块草坪，和另外一种不知名的紫色小花，任宁摘了几朵夹在她常读的那套《脂砚斋重评石头记》里，在"开夜宴异兆发悲音，赏中秋新词得佳谶"那一回留下紫色痕迹，那套书现在放在箱子里，压在羊绒毛衣上面，分手没有分书，任宁收拾了一箱子衣服就搬了出去。他们的书也不多，装满三组宜家卡莱克书柜，林微微照着《新京报》书评版买了一些翻译小说，任宁喜欢看历史类著作，两个普通男女青年，有点文艺，也就是普通文艺。

大巴终于轰隆隆过来，她上车就把头顶空调口开到最大，很快睡死过去，半路上手脚僵硬醒过来，迷迷糊糊看到那个小姑娘坐在过道另一边，拿着小圆镜在补妆，把雪白的脸扑得更加雪白，嘴唇一片艳红。林微微张开嘴，呼出一股冰冷臭气，她蘸点矿泉水擦了擦眼睛，随便拨拉油腻头发，意识有点恍惚，但没忘记提醒自己回家洗澡前不要照镜子。从北京回到自贡辗转十个小时，为了便宜，买早班飞机，最后非常狼狈。她总庆幸一个人回家，但其实没有人提出过要陪她回去。从来没有。

十一点办公室里就陆续有人出去吃饭，单位每个月给每人在饭卡上充四百块，但很少有人去食堂吃，因为这四百在两个月后可以退成现金。大家都走几步路，吃小炒或者羊肉汤，小炒八块一份，二两羊肉十五块钱，白饭和泡菜敞开吃。十二点半回办公室，可以把折叠床铺开了睡一个漫长的午觉，两点半起来，倒开水洗脸，用浓茶漱口，五点半会很快到来。

　　日子过分有条不紊，让人理应发疯，却没有人真的发疯。局里有个搞人民调解的年轻男人，有段时间得了抑郁症，说是差点自杀，终究还是没死，做了电疗后回来上班，后遗症是短暂失忆，盯住同事叫不出名字，他生病前其实和所有人都不熟，现在因为都忘了，反而和所有人热烈寒暄。过了几个月他清醒过来，自己开始率先笑自己，给每个人看他割腕的痕迹，留下一道硬皮外翻的疤痕，都劝他买块表，他却一直没有，疤痕先是血红，后面一点点暗下去。大家凑钱请他吃了顿火锅，六个人涮五斤鲜鹅肠，这件事就这么过去了。有人私下里悄悄说，他自杀是想评职称，多点同情分。

　　林微微一直等到主任王建国出去了才起身。进司法局之前是王建国给她做的面试，他连用普通话提问都有点困难，还是一直自我感觉对她有恩，亲亲热热地叫她：微微，这件事你处理一下。林微微在中国政法大学读了法律系本科，四年很少出过昌平，法大的校园从前门一眼望到后门，情侣们甚至找不到一片小树林接吻。林微微大学四年一直没有接过吻，她没有谈恋爱，迫不及待地要离开这里，但没想到最后离开得这么彻底。回到自贡后，林微微和班上所有人都断了联系，她待在大学微信群里，没有说过一句话，从来不发朋友圈。

　　林微微特意走十五分钟去吃午饭，从单位后门曲曲折折绕过去，狭窄巷子里有家苍蝇馆子，味道平庸，所有菜都又咸又辣，没有人特意来吃，所以万无一失，遇不到熟人。油汪汪一碗蛋炒饭端上来，老板舍得下本钱，起码放了三个鸡蛋，配一小碟泡过头的泡姜，她居然也就吃完了。走回办公室的路上开始下雨，风刮得着急，刚落下就是大雨，所以走到门口白衬衫已经再次湿透，接待室的女人再次愤恨地盯着她，把饭盆里的铁勺刮出激烈的声音，搅起几根炒烂了的藠头。

　　林微微不在乎，再走进办公室的时候，衬衫下身体渗透凉意，窗外已是秋天，这是她回自贡的第二个季节。

3　纽约 ）》●●

　　我一直躺到八点才起床，伪装成睡了一个正常的觉。自从七月考 BAR 结束，我已经这样伪装了三个月，眼睛下面是深深黑眼圈。雅诗兰黛官网打折的时候，我用四十五块给我妈买了个防晒日霜，送七件套礼品，装在一个蓝绿色化妆包里，我拿不准应该用眼霜把黑眼圈去掉，还是用眼影索性画一个烟熏，这件事像所有事一样悬而未决，那个化妆包从来没有打开过。我又伪装成根本没有留意到越来越深的黑眼圈，反正所有伪装都没有对象，无所谓拆穿，我就这么素颜无耻，一个人活在纽约。

　　坐在床边，我习惯性发呆，对着暖黄色格子床单茫然思考了一会儿，试图再找到一个句子，让我在地铁里有紧紧抓住的东西，但是我失败了，这是一个两手空空的早晨，提炼不出任何一句拿得出手的中文。床品四件套是我出国前在淘宝上买的，两套加上运费一共三百块人民币。纽约廉价杂货店也有床品套装，抖开来纸一样的手感和声音，没有真正被套，只有一张四周带松紧带的床罩，勉强把被子藏在里面，伪装成它是完整四件套。

自从需要经常躲避楼上墨西哥人滚烫的性生活，我把这样一套淡绿色四件套铺在客房，伪装成有谁会住进来的样子。床品十二块九毛九，床头放一盏古董灯，买自 12 街的跳蚤市场，蒂凡尼式彩绘玻璃，下了血本，五十块，我一直忘记花一块钱买个灯泡装上去，反正它并不需要真的亮起来，它只是比十二块九毛九更昂贵的伪装而已。床头柜上有房东送我的《圣经》，翻得很旧，里面用蓝色水笔做满了笔记，有时候我会坐床上读两页，看到耶稣走在海上，门徒们惊慌起来，耶稣就说："你们放心，是我，不要怕！"等到耶稣上船，风就停了。我来回看这一段，看之前门徒们"因风不顺，摇橹甚苦，夜里约有四更天"，我羡慕那种"不要怕"，想第二天起床就去社区里的华人教堂，但起床之后，我总是走向地铁站，沿途有台湾女人传福音，我就戴一串假蜜蜡手镯出门，伪装自己信佛。

没有人像我，在纽约一个人租两个房间，有一个房间长久关门。这无关住在曼哈顿，还是皇后区，甚至布朗克斯，甚至史丹顿岛，这无关一个房间和两个房间可能只差两百块，这是一个不能商榷的判断句：你不能一个人在纽约租着两个房间！但是我在纽约伪装成自己不那么正常，就像在北京我把自己伪装得太正常。我愿意一直在 eBay 上买五块十块的二手衣服，从来不去 wholefoods 买有机食品，只要让我在纽约一个人住两个房间！后面的感叹号可以一直延续下去，伪装成好像真的有谁会跟我认真争辩这个问题，或者任何问题。

热了杯豆浆和一个荠菜包，犹豫一下又加了个叉烧包，把昨天晚上做好的培根炒饭放在乐扣里，用保鲜膜包起苹果。我穿唯一一件土黄色风衣出门，坐 R 线到 49 街，然后出地铁走路到 50 街的 APPLEBEES 下面换乘一号线，一直坐到哥大的 116 街。我也可以坐到 42 街，在地下通道里换乘，但 42 街太容易让我想到在国贸从一号线换乘十号线，或者在西直门从二号线换乘十三号线，何况走到一半还有个黑人永恒尖叫，宣扬世界末日，唯有信仰耶稣方能得救，佛祖和观音菩萨不过都是异端。我害怕任何和北京相像的地方，连 42 街第九大道的"成都印象"都不敢去，觉得里面的回锅肉和建国门长安大戏院背后那家渝信川菜太像，也害怕那个黑人上蹿下跳制造的声声回音，想象耶稣说"你们放心，是我，不要怕！"的时候声音轻轻，世界不会被太吵的人拯救，世界和我们都是大声灭亡，悄然获救。我走完第一步，正在等待第二步来临，但它也可能一直不来。

五月底已经从哥大 LLM 毕业，我还是每天到这边来，也不去图书馆，就每天坐在法学院一楼大厅里，选一个靠窗沙发，脱下风衣，拿出饭盒，读一天书。中午十二点半把带过去的饭吃掉，三点啃苹果，下午五点往回走，六点出地铁，在旁边的华人超市买好菜，七点半吃晚饭，八点半我洗完澡开始打开盗版网站看盗版电影，间歇按下暂停给纽约所有律所发简历找工作，因为签证的缘故，我必须在十二月前找到工作。十二点我躺下去，二点到三点我开始头昏，四点到五点我醒过来，八点起床，伪装成一个个正常的晚上睡了一个个正常的觉，只有黑眼圈背叛我，暴露这并没有人关心的一切。

我偶尔去法拉盛公共图书馆，借了一套台版《追忆似水年华》，从六月读到现在，每隔三个星期去续借一次。刚刚把第五卷《女囚》读完，开始读第六卷《女流亡者》，我盼着早点读到最后一卷《重现的时光》。九月上旬，我收到任宁的邮件，说周克希的译本已经出到第二卷《在少女花影下》。我知道这件事，我在《新京报》的网站上看到记者对周克希的专访，他说这套书翻译成《追寻逝去的时光》，是因为普鲁斯特的原意里没有回忆，只有寻找。

任宁说，他想寄书给我："微微，希望能和你重新联系，分手了不见得能继续做朋友，但不要做陌生人，我只是想知道你现在的电话和地址。"

我没有回信，继续看这套十七个人合译的普鲁斯特。任宁不知道我在哪里，他也压根儿对普鲁斯特没有兴趣，他对一切都没有兴趣，他基于前男友的政治正确发出这封邮件，伪装出悔意和关心，伪装我们不是陌生人，我却没有耐心陪他完成这场戏。

我没有回忆，也不打算追寻，其实连重现的时光都不需要，我已经到了纽约，即使我伪装一切，这件事也绝不是伪装。我正坐在哥大法学院大厅里，四下喧嚣，旁边桌上有个日本男人对我有意，总是欲言又止地问我在哪里吃午饭，我穿裙子他就盯着我的大腿看，我穿低胸他就盯着我的胸看，我裹得严严实实他就盯着我的脸看，这是我的人证物证，铁证如山，没有人可以抵赖。

3　自贡

　　雨始终不停，办公室里另外三个人都拉开简易床睡午觉，只有林微微坐在窗前读巴恩斯的小说《终结的感觉》。林微微在《新京报》书评上看到这本书去年拿了布克奖，每晚睡前看看《新京报》网站上的 PDF 版报纸，是林微微和北京残留的最后关系。这本书在当当上订好，送到自贡耗时三天，比预想中要快，从北京到自贡，原来生活也不过滞后三天，可货到付款，可刷 POS 机。

　　她不好意思让人送到单位，一种微妙的优越感混杂着羞耻心，于是写了家里的地址。书送过来的时候妈妈正在小区茶坊里打麻将，可能一个三番正在生死关头，拆开验货后随手扔在旁边藤椅上，过了两天才想起来。林微微过去取书，看见上面铺一层瓜子壳，灰白色封面，蓝色的"终结"两个字上沾几滴口水，她用一张从办公室拿回来的《自贡日报》把书包起来，没有钢笔，就用黑色水笔写上书名和作者，还用更大字体写上"译林出版社"，她当即翻开第一页。

林微微在北京买书比看书多，加班后坐八通线末班地铁回家，难得有位时，也不过坐下来拿出手机杀西瓜，几年间买的书打包寄回自贡，家里没有书架，几百本书暂时堆在墙角，没堆整齐，像一种随时坍塌的决心。她一本本读下来，一天能读六个小时。现在她在自贡，一天很容易找到六个小时。林微微神经质般读书，因为当下和未来之间是一个"无穷虫洞"（她从一本爱因斯坦的传记中读到了这个词），也因为她想拽住和过去的仅有联系。

秦明媚四仰八叉地躺在折叠床上，有个这样摇曳的名字。秦明媚其实已经临近退休，她一直没有升上去，坐在林微微对面，听说直到前年才好不容易评上中级职称。林微微有一次偶然看到她的工资单，实际发放那一栏里写着 2755.78，比她多了四百多块，这还是因为今年年初开始实行"阳光工资"，刚涨了八百。林微微第一次拿到自己的工资单时发了发呆，然后慌慌张张撕掉了那张纸，好像不想让任何人，首先是不想让自己看见那个数字。

任宁和她以前发工资的日子都是每个月五号，他们愿意坐一个小时的地铁，去玉渊潭南路的基辅餐厅吃罐焖牛肉，喝红菜汤，穿军装的乌克兰女人在台上唱《三套车》，据说都是功勋演员。任宁去乌克兰出过差，他说："乌克兰小姑娘都长得好，皮肤特别特别白，照着光能看见绒毛，就是上了三十岁乳房都下垂了，身上好多斑。"这句话他在餐厅里说了一次，回来躺床上又说一次，"真的，都下垂了"。

林微微掐住他的手臂："你怎么知道？"

任宁说："摸了就知道了。"他从空荡荡的睡衣下摆伸进去，握住林微微还没有下垂的乳房。

秦明媚的乳房下垂得厉害，她那件红色紧身 T 恤明显小一个码，缩到肚脐眼上面，睡觉时姿势不好控制，半个乳房裸露在外，像是顺着皮肤流下来。再下面是做过剖腹产的干疤，三十年前的刀口宽阔，线缝得粗，竹节虫一样趴在肚皮上，林微微不敢细看。秦明媚两点半准时醒了，把 T 恤拉下来遮住肚皮，起身泡了一杯浓茶，又就着茶漱了漱口，看到林微微对着电脑做出打字状，很大声说："小幺妹儿，好拼命哦，你是想明年选三八红旗手嗦？"刚才有一瞬雨倾盆而下，她不知道三八红旗手蹑手蹑脚走到阳台上抽了支烟，风吹得紧，火机一直打不燃，林微微索性把衣服掀开在里面打火，她清楚看到暗红色乳头硬起来，乳房挺立，尚未下垂，她刚到三十岁。

雨渐渐停了，办公室里一股潮袜子味，林微微疑心是另外几个人挂墙上的毛巾没有真正洗过，每次都是随便抹一把脸又挂回去。她今天处理杂事，写了两条稿，《沿滩区省级"法治区"创建工作有序推进》和上午那条《治外伤导致截指，成功调解获赔偿》。八小时的工作时间不忙，也并不真的闲。稿子打印出来，刚好遮住了桌子上的巴恩斯，遮住了她把自己和当前世界隔离开来的唯一工具。

王建国进来过两次，通知明天要去荣县做"六五"普法，早上九点在司法局门口上车。林微微住在贡井，可以九点十五在马吃水转盘等着单位那部依维柯，"这样你可以多睡四十分钟再爬起来嘛"，王建国说完这句话，笑眯眯地看着林微微，她赶紧摆出了一个精确的咧嘴笑，二十秒后发现维持起来有点困难，就又低头重复打了稿子上最后一句话："最终，医患双方达成了调解协议：由院方一次性赔偿徐某3.7万元。纠纷顺利化解。"

回家路上的运气不错，31路上刚站了三站，面前背着一背篼蔬菜的女人就下了车，座位上残留莲花白叶的清香，冲淡了车厢内的浓浓人味。林微微推开半扇窗，继续读《终结的感觉》："中等就好，自从离开校园，我就一直这样子。大学时，工作后，中等就好；友谊，忠诚，爱情，中等就好；性，毫无疑问，中等就好……根据平均数定律，我们绝大部分人注定平凡。这么说并不能带来任何慰藉。中等就好，这一短语不断地在耳畔回响。生命平庸，真理平常，道德平凡。"

生命平庸，真理平常，道德平凡。林微微又想了一遍今天自己写的通稿，以及工资单上的数字，觉得肯定是哪里出错了，就像她离开北京前唯一说得出口的理由：肯定是哪里出错了。雨水打湿这一页，她发现自己已经到了小区门口，在自贡，每一辆车总是太快抵达终点。

4　纽　约 ⟩⟩⟩●●

　　十二点，坐在法学院大厅里吃香肠炒饭，我用手机刷到自己考过了纽约州的 BAR。炒饭前一天晚上就已做好，放了两根川味香肠，切开有浓重的花椒和高粱酒味，炝锅时墨西哥人"砰砰砰"敲门，埋怨油烟飘到他家卧室。家里已经开了暖气，我只穿一件黑色背心和一条宽裤脚瑜伽裤，没穿内衣，美国的二号我穿着还是偏大，空荡荡稍微前倾就能看到乳头，裤子又低腰，露出内裤上两个银色金属扣，像随时可以触发的暗器机关。他嘟嘟嚷嚷两句西班牙语，大概很快注意到我的胸，又咧开嘴，笑着换成英语，建议我们应该在后院里办个 BBQ，他有个烧炭炉子，又会做 T 骨牛排。

　　我拿着锅铲应付他，突然觉得恶心，一股酸水涌上来，"哇"地吐在他腰围起码三尺的黄色睡裤上，他一着急又切换回西班牙语模式，大概都是脏话，我抽了几张纸塞过去，连说十几句 sorry 后，赶紧把门关上。炒饭糊掉，结出厚厚一层锅巴，一种对可能性的揣测像呕吐一样不可抑制，家里没有测孕试纸，WALGREENS 里最便宜的一种也要十六块九毛九，这是三天的菜钱，我最后买了一瓶四块九毛九的特价洗发水回家，打开一股熟透了的番石榴味，我又吐了，却还是坚持吃了一大碗锅巴香肠炒饭，把剩下的装进饭盒。

去 Albany 考 BAR 是七月底。在十一大道等大巴，只有我不合时宜，撑一把巨大的阳伞。我穿一条长到脚面的大红印花抹胸裙，因为自觉锁骨长得美，特意没有戴项链，又自觉脚踝长得细，一直装作整理裙角，露出蓝色平底凉鞋。但烈日之下没有任何人看任何人，人人都心焦破烦等车，神经质般刷手机，一直到蓝色大巴慢吞吞开过来。心焦破烦是四川话，也不知道为什么，在纽约自言自语的时候，我总用四川话。

上车后我才发现，大巴再往前两百米就是海边，货船刚刚离岸，一团团沁白水花遮蔽视线，甲板上空无一人，留给人滚烫的想象。在纽约，哪里都是空无一人，只有这该死的空虚想象，靠着滚烫的窗户时我捉住了这个句子，像抓住车窗上的一个二十八星瓢虫。车上有电源插座和时断时续的WIFI，大部分人继续一直刷手机，一个黑人阿姨拿出卷发棒，镇定自若地开始烫头发，我过一会儿就又看看她，想知道她最后卷成了什么样子。

坐对面的中国人明显也是去考试，在小桌子上放了全套崭新的 BARBRI 复习资料，我出不起三千五百美元学费，就在 eBay 上用五百块拍了一套二手材料。过了一会儿，我也拿出自己的课堂笔记，翻得卷边，用红笔做满标注。他抬起头来看我一眼，过了几分钟又看我一眼，他穿蓝色细条纹衬衫，眉毛浓成一条黑线，皮肤白净，大概昨晚熬夜复习，嘴边长出青色胡子茬。卷发棒的温度越来越高，一股焦味在车厢里散开，我突然觉得饿了，拿出烤牛肉三明治，他看了我第三眼，也许是因为牛肉香气，也许终于注意到了我的锁骨，他用带南方腔的普通话说："你要不要看看我的课堂笔记？今年的最新版本。"

过了半个小时，我存下他的电话，知道他叫闵之，上海人，一直住在北京，纽约大学的 JD，刚刚毕业。他也知道了我的相应资料，总而言之，两个拿不准是不是要勾搭的人，留下了勾搭可能所需的一切信息。在这段时间里，黑人阿姨的一头小卷渐渐成形，像头上缓慢开出的十几朵矢车菊，不好看，但看得出她尽力了，大巴上的每个人，都尽了全力让这变成一段值得的旅程。

下车之前，我和闵之发现我们在 Albany 订了同一家酒店，只是我住没有热水的四人间，三十美元一晚。他住大床房，花一两百万人民币读 JD 的人，大概不会在乎一百美元房费。晚上十一点，他发过来一条短信，问我要不要过去洗澡，短信用英文，语言隔离出暧昧而清晰的安全地带，我读懂了他的意思，他想仅此一次，我其实也是如此。

我没有回短信，但是我去了。不知道为什么，肯定不是想报答他的课堂笔记，热水滚烫，并没有激发欲望，更像在剧烈赌气。浴室空荡宽大，他带了一整套旅行装洗浴用品，沐浴露和洗发水是柠檬味，一小瓶须后水放在漱口杯边上，我打开闻了一下，一股坦荡草香。洗完澡，水汽蒸腾，几种味道在白气上空盘旋，排气扇没有打开，它们寻找不到出口，

027

我
和
林
微
微

直到我穿戴整齐，打开通往房间的门。

房间里到处是镜子，十分钟后闵之脱下我的衣服，我从镜子里看到自己的深蓝色蕾丝内衣，价格低廉，却显得胸脯和大腿雪白。胸罩有聚拢效果，乳房并不真实的大，但这一切都并不真实，希望他能原谅一件胸罩的谎言。闵之熟练地找到了前扣，又从枕头下拿出一个紫色 extrasensitive 的杜蕾斯，我觉得这场考试两个人都做了充分准备。

他先进去，过了两分钟又退出来，说声"对不起，忘记了"才撕开杜蕾斯，我没有说话，装作无暇关心这件事。我不喜欢那句对不起，但我喜欢有人在二十二度空调房中满身是汗地抱着我，我喜欢那并非来自新疆棉被的质量，笃定确凿地压在身上。我喜欢他最后闷闷的呻吟，像压抑一点并不存在的激情。我喜欢他把手停留在我的腰上，我喜欢他事后在沉默半晌后，终于想起来可以跟我讨论明天的考试，我喜欢冷场尴尬中我们方能显露的一点点诚意。我喜欢这并无高潮却有慰藉的一切，尤其是当我离开纽约。

4　自　贡

林微微听到有人轻轻叫她：幺妹，幺妹。她确定自己在做梦，无声答应了两下，那声音却渐渐着急，林微微又努力了一会儿才醒过来，是妈妈一大早去美容院洗脸，提醒她红苕稀饭在微波炉里。

今天有新泡的洋姜哦，妈妈关门前说。洋姜切开水汽凌凌，是林微微最喜欢的泡菜。林微微喜欢妈妈泡菜坛子里的一切：洋姜，豇豆，萝卜皮，鹅笋，柿子椒，盛夏的青绿苦瓜，隆冬长出茸茸嫩叶的儿菜。回来前她总想到这些，但现在她明白，你并不能把一个城市都装进泡菜坛子。

林微微在北京没有泡菜坛子，她基本不吃早餐，午饭在律所吃一个苹果和一盒酸奶，酸奶吃到最后让人留恋，她确实也会把盖子舔得干干净净。但她每天都正儿八经吃晚餐，两大碗米饭，一碗汤，饭后水果紧跟节气。北京不知道怎么回事，最冷的时候偏偏草莓最甜，她和任宁晚上缩手缩脚下楼，买小区门口果蔬店里最后两盒。晚饭三个小时后又是一顿宵夜，通常是在家煮碗面，拉拉杂杂加上香肠、火腿、榨菜、青菜、玉米、日式海藻、老干妈、饭扫光。有时候半夜有风，天空飘藏蓝色云彩，任宁没有忙着写合同，他们就去管庄家具市场的门口吃烤串，林微微总是点一个烤羊腰子，一口下去膻气四溢，任宁吃最老实的肉筋肉串，再加两个馒头片，吃完饭他们从天桥穿过朝阳路回家，任宁拒绝跟她接吻。

把房子卖掉的那个晚上，两个人签完约又来吃烤串。五月初，深夜降下白霜，他们已经喝上冰啤酒，任宁咬了好几口林微微的羊腰子，不知道是不是想到去掉房贷，两个人还有一百万可以平分，又叫了这里最贵的烤羊腿，他一口干掉一杯燕京，又叫了一杯扎啤。

羊腿端上来硕大一盆，外面烤得正好，往深里切一点就还带血丝，林微微拼命蘸孜然粉和辣椒面，想盖住羊血的味道。他们把这些都吃得干干净净：羊腰子，羊腿，疯狂烤翅，毛豆拼盐水花生，馒头片，烤青椒，啤酒，两串让人生疑的烤鸡皮。过马路走到一半，他们站在天桥中间接吻，一直吻到牙床好像出血，一股腥味在口腔里弥漫开来。从桥上往下望，有只土狗被轧死在朝阳路正中间，各种车从尸体上碾过又带走一部分尸体，最后只有一个模糊的印记留在路面上，看得出来是只黄色小狗，这一切让他们的最后一次接吻格外惨烈。

任宁摸着她的头发说："幺妹，你有什么打算？要是想回去，回去也好。"他们都是四川人，但是两个人平时都说普通话，任宁只会用四川话叫她：幺妹，或者小妹儿。有时候两个人一起看碟，任宁会突然拖长了嗓子叫：小妹儿，换碟，来盘瓜子儿。就像小时候他们躲在黑黢黢的录像厅里。除此之外，他们是两个用普通话在北京谈恋爱的普通青年，甚至很少特意去找川菜馆，家乡的一切都在千里之外，他们之间并无其他亲密联系。

林微微没有告诉任宁自己的打算，但是回来也好。回来之后，林微微每天吃上了早饭，变着花样用熟油海椒拌泡菜，有豇豆吃豇豆，有鹅笋吃鹅笋，什么都没有就吃萝卜皮。晚饭只吃两小碗米饭，绿油油纯素蔬菜汤，洒几颗毛毛盐，偶尔出去吃宵夜，五毛钱一串的串串香上面只有指甲那么大一块牛肉，或者一丁点儿香肠，但是吃个二三十串也就饱了，可能是涮得太累。海椒吃得太多太勤，她从九十八斤瘦到了八十八斤，胸倒是没有缩水，还是沉甸甸地搁在前面，站久了觉得腰酸。

林微微九点就到了马吃水转盘，雨下了整夜，路上满是泥泞，急速开过的车溅起越来越高的泥点，单位的依维柯迅猛刹车后停下来，给了林微微最后一击。她穿一件黑色长袖衬衫，脖子上挂一个蓝色地球仪项链，项链上零零散散有几个迷你配件，望远镜，羽毛笔，指南针，实打实黄铜，戴一天脖子上会有深深的印痕。项链属于"旅行者"系列，还有一种挂坠是橘红色火星，那是地表的赤铁矿，林微微没有买火星，她是一台燃料不足的飞行器，从北京升空，以为能脱离地心引力，最后发现自己降落于自贡，茫茫宇宙，她并没有找到另一个可以抵达的目的地。

王建国坐在副驾位上，转过头来笑眯眯问："微微，你吃早饭没有？秦大姐买了几个猪儿粑。"秦明媚没有把猪儿粑递过来的意思，她忙于跟边上的人讨论中午去哪一家吃豆花饭。去荣县免不了这一套流程：一人一碗豆花饭，蘸水一人一碟，自己加新鲜海椒和小葱。现杀一条两斤多的花鲢来小煎，花鲢切碎了好入味，但是端上来还是拼成完完整整一条。春天带几斤新桥枇杷回来，现在这个季节却刚好吃留佳椪柑，不要选太泡嚷嚷的，那种甜是甜，吃到后面却觉得干。在自贡，对另一个地方的所有想象都会围绕食物，而且唯有食物。林微微喜欢自贡的食物，但她也觉得过于强调这种喜欢，是为了掩饰这个城市的更多空洞与空白。

　　林微微找到最后一排靠窗的位置坐下来，边上坐着一个普法讲师团的律师，昨天林微微和他打过电话联系，记得他叫闵之，简历里写着西政毕业，林微微疑心是专科班，不然一个西政毕业的学生，为什么要回自贡？她迅速否定了这种推理，自己不也是中政毕业，又是为什么要回自贡？他人的生活看起来总是异常悬疑，但同样的疑问到了自己这里，答案却让人羞耻，平庸无奇。

　　不管怎么说，闵之过了司法考试，货真价实的律师。他穿一套和车上所有人格格不入的藏蓝色毛料西装，系蓝色条纹领带，大概也站在路边等了一会儿，正装皮鞋边上糊满黄泥。他正在吃猪儿粑，肥肉味萦绕在他梳着一丝不苟偏分头的上空，闵之试图笑一笑跟林微微打招呼，但是猪儿粑里的豆腐干掉下来，沾在他那条崭新的西裤上。

林微微递给他一张纸巾，塞上耳机，开始听 Cole Porter 的 *Let's do it*，歌中唱道 Let's do it let's fall in love，窗外则是运煤的大货车极速开过，在窗玻璃上溅满泥点，林微微透过泥点的间隙，看见前头迷雾蔽路，她知道今天会是很长的一天。

033

我
和
林
微
微

5　纽约　🌓 ◗ ● ●

我倒是怀过一次孕。刚跟任宁一起买了房子，新地板有股实木香气，我们每天做爱，有时候在晚上，有时候是白天，看着看着书，突然就闷声不作响地做了起来，做完了继续看书，精液味久久不散，窗户打开也是如此。有时候戴套有时候不用，有时候是因为不想中断下楼去买，有时候只是不想中断去打开床头柜抽屉。我有一个蓝色床头柜，本来是接近于白的米黄，我自己拿一把秃头小刷子刷成宝蓝，刷得不好，到处都是凹凸气泡，和任宁做到某个时刻，我会伸手摁住那些气泡，结束后手心里一个个暗红色小坑。

任宁不喜欢放一个安全套在枕头底下。太紧张了，他说，好像杜蕾斯黏糊糊地催着他勃起。我们从来没有谈到过怀孕，就像潜意识里觉得这件事永远不可发生，所以就不会发生。

例假晚了一周，第一次刷牙觉得恶心我就明白了，去同仁堂买了张最便宜的测孕试纸，六块钱，里面连尿杯都没有，我又慌慌张张找了个矿泉水瓶盖，后来洗了十几次，手指上还是有淡淡的尿腥味。看到两根清晰红线后，我换好衣服去上班，在管庄挤上了不可能挤上去的八通线，缩在两个胖子中间，四惠东下车，白衬衫已经黑了一层。一号线上旁边有人买了大葱猪肉馅儿的包子，从国贸下车走在迷宫一样的建外SOHO，我想起肉包里肥肉末的味道，站在七号楼楼下吐了。任宁在六号楼上班，我在八号楼，有时候陪他吃午饭，他喜欢吃711里的关东煮和叉烧包，总是拉拉杂杂买上一堆，几大块肥肉明确地夹在叉烧包里，吃完后他跟我接个吻再上楼，一下午我身上都有淡淡肥肉味，再浓的咖啡也压不过去。

坐 Q58 去法拉盛，路上我想到这些。我想到做完手术，也不知道应该怎么"补补身体"，任宁陪我去云南驻京办喝汽锅鸡汤，一人一杯他们家自酿的米酒，喝完之后我们又叫两杯，走出云办觉得头晕，打了一个有甜蜜酒香的嗝。秋天走到尽头，只穿件开衫已经觉得凉，任宁问我要不要他的外套，我说不用，我们站在路边打车，十五分钟后终于打上，等回到管庄，这件事就这么过去了，我们从来没有讨论过另一种可能性。一句也没有，他没有说过"要不然"，我也没有，我们齐心协力，流掉了那个要不然。

Q58 没有开窗，我觉得恶心，早上刷牙吐过一次，昨晚半夜小腹沉甸甸钝痛，这件事大概已经发生。法拉盛照例如此，温州人把几十条灰不溜秋的棉毛裤挂在屋檐下，每条九块九，十分钟内就卖出去五六条，因为这几天纽约的温度降到了华氏五十五度。边上是卖盗版碟的河南人，准备考 BAR 的那几个月我买了一套《步步惊心》，每晚做完题就看两集，深夜在院子里一边晒衣服一边大声唱"是时间的过错，让我们只能错过",有女人推开窗子叫我 bitch,又"砰"地把窗关上,我被迫把情绪抽离出来,无端端觉得那是个长相难看的白种女人,白种人住这个社区,也就是真的潦倒了。再走几步是福建炒米粉,我买了一盒坐在图书馆门口的台阶上吃起来,边上有个疯子用含含糊糊的英文喃喃自语,大概是喝醉了,也可能是一直没有醒。

每隔两周我会来一次法拉盛,买一些其实哪里都可以买到的面膜、卫生巾、冬瓜糕、腌橄榄,在图书馆里翻半天香港八卦杂志,混搭着看看《读书》和《万象》,走的时候借几本书。如果慢慢寻找,这里有一些可借的书。刚来的那个月我读完了哈金的《自由生活》,说不清楚是被这本书鼓励还是恐吓了。又找到保罗·奥斯特的《纽约三部曲》,这本书没有看完,看到"我之所以来到纽约,是因为它是最孤独凄凉、最悲惨绝望的地方"就放弃了,我并不需要另外一个人跟我确认这件事。

我见过一次保罗·奥斯特,在布鲁克林图书节上,他参加一个读者见面会,满脸不耐烦地读了三段自己新书 Winter Journal 里的章节,最后是签名售书。我买不起五十美元一本的新书,在路边花五块五买了一本初版的 The Invention of Solitude,奥斯特用灰绿色眼睛冷冷看了我一眼,没有问我的名字,草草签完,看起来不过是划了一根线,别无他物,看起来急于摆脱和我相处的这五秒钟,好像我黏糊糊地粘在那里,是让他厌恶的当下。好像我黏糊糊粘在任何地方,都是让人厌恶的当下,我后悔转两次地铁来参加这个图书节,纽约并不需要我投身其中的决心。

从布鲁克林离开，我坐 G 线回到皇后区，然后转七号线来到法拉盛。我恨缅街，它将全中国小县城里最粗俗吵闹的街道炖成一锅，然后把这内容不明的混合物倒在纽约。我恨三块钱一杯的足足有半杯珍珠的珍珠奶茶，我恨新世界商场楼下假冒的满记甜品，一模一样的杨枝甘露和白雪黑珍珠，我恨在这个空无一人的拥挤城市里唯有这混乱肮脏的街道带给我慰藉，就像闵之那并无热情的性爱带给我的慰藉，特别是在这个被奥斯特的眼睛急速冷冻的下午。

　　今天我借到一本巴恩斯的《终结的感觉》，书很新，灰色封面，连腰封都还留着。坐在回去的公交车上随便翻开读了两页，不知道是谁自杀了，留下一封遗书："生命是一份礼物，却非我辈索取而得；但凡有思想之人都有一份达观的责任去审视生命的本质，以及随生命附赠的条件；倘若这人决定放弃这份无人索求的礼物，那么，依据这一决定的后果行事，是合乎道德与人性职责的。"

　　公车开到法拉盛草地公园，远远看见世博会留下的镂空地球，我突然感到身下一股热潮涌出，这件事原来没有发生，纽约提供恐惧，却也解答了悬疑。生命是一份礼物，却非我辈索取而得。我抓住这个句子，在空荡荡的公交车上松了一口气，却拿不准自己是不是真的安慰。

5　自　贡　●●●(

　　出太阳的周末，似乎人人都出门，早晨在出租车上看见河边绵延几百米人头，一人一杯花茶，一桌一包瓜子，不打麻将的人一动不动，茫然看着污浊的釜溪河。从城里打车来仙市古镇需要三十多块，也可以在火车站坐两块钱的中巴。林微微刚回自贡时坐过一次，挤在两个竹编鸭笼边上，七八只老母鸭一直在拉屎，她下车后带着浑身鸭屎味，冒着小雨在仙市逛了一圈，坐一块钱乌篷船到河对岸，又一块钱坐回来，釜溪河到这里快入沱江，水面漂浮乌拉草，雨中的鸭屎有股不可理喻的清香。

　　林微微在镇上来来回回地遇到闵之。棉花店的栅栏外遇到一次，她正在拍照，叮嘱爸爸一定要把漫天棉絮拍进来，脚下踩靴淘宝价一百多块，她向闵之挥挥手，一时不稳，那塑胶底往前滑下去，闵之下意识地想抓住她，又意识到自己在百米之外，就悄悄地缩回了那只右手。

　　河边黄桷树下喝毛峰又遇到一次。林微微刚给妈妈剥了个蜜橘，正准备给自己也剥一个，指甲缝被汁染黄，甜雾四溢，妈妈用掉了一半油的红指甲撕白色橘络，抱怨毛峰从两块涨到了四块："绝对是被宰了，哪里的毛峰能卖到四块？要不我们不喝茶嘛，我们就坐在河边上吃柑子要不要得？给他两块钱倒杯白开水。"林微微看见自己和闵之一家就隔一张藤椅，他们也是一人一杯毛峰。

最后是吃鱼。来仙市照例是吃鱼，最便宜的是五块钱一斤的白鲢，稍微贵点吃花鲢，特别讲究的乌鱼两吃，乌鱼片溜炒，鱼头鱼尾做汤，撒大量葱花。林微微和爸妈就叫了条白鲢活渡，这种做法不用先下锅过油煎，肉质细嫩，但辣椒有时候压不住泥腥味。她一直喜欢吃白鲢，北京不大好找这种廉价鱼，她在家乐福里买鲫鱼，用袋装酸菜和泡椒切碎了渡出一大盘，任宁喜欢留着剩下的汤汤水水，第二天冻成鱼冻，早饭也能吃下两碗白饭。林微微并不想念任宁，只是他总会毫无预警地掺和进来，在那些无关紧要的地方：办公室，麻将桌，一顿仙市午饭。

闵之也和父母一起，他脱掉了上次那套藏蓝色西装，穿蓝色牛仔裤和咖啡色夹克，头发干净疏松，没有明显分头。定睛一看，他的长相万分正常，下巴没有胡茬，眼镜是细细的黑框，背一个黑色双肩包，边上挂蓝色户外水壶。林微微上次在荣县就注意到他个子挺高，只是过于瘦了，林微微喜欢男人稍微有点肉，肚腩可以明确地扯出来，任宁就是如此。

前面两次遇到，他们重复几乎一模一样的对话。林微微先看到闵之，一团棉絮从她这里飘到他那里，但闵之先开的口：

"你们一家人来耍啊？"

"欸，你们也是一家人啊？"

"欸，今天天气好得很，不出来可惜了。"

"是可惜了，你看仙市好多人。"

"是好多人，自贡人太爱耍了。"

然后是两秒钟沉默，然后为了制造分手只能往两个方向走，然后又遇到了，林微微又加了两句话："吃不吃柑子，今年的柑子甜得很。"

"不吃，我们带了龙眼，你们要不要？"

"不要，你吃两瓣嘛，都剥好了，嬢嬢叔叔都吃点。"

"……那谢了哈。"六瓣柑子递过去，一人两瓣。

自贡话让对话难以持续下去，好像整个城市掺和进来，在说普通话的时空，他们并没有这么不熟。从荣县回市区的路上遇上前方发生车祸，看不到希望地堵在一条乡村土路上，路旁种满柚子树，挂着小小明黄色果实，几只灰鹅慢吞吞地穿过竹林，跳进堰塘里，也没有凫水，不过在水面上静止不动。满车人都睡着了，iTouch用光电量，林微微拿出手机上微博，闵之突然开口问她，用普通话："你微博上用的本名？"

林微微迟疑了一会儿才说："不是，用的一个网名。"

"那……能不能告诉我叫什么？"

"……Arcana。"她把拼写方式告诉他。

"什么意思？希腊神话里的人吗？"

"不是，阿卡纳，塔罗牌分成大阿卡纳和小阿卡纳，跟不玩塔罗牌的人说不清楚。"

"塔罗牌……你还真的信算命啊？"

"怎么说呢……我信命运，信的，当然，难道你不信？……但我不确信能不能算出来……塔罗牌？……我玩得不好，只是偶尔玩一玩。"

闵之没有再说话，好像怕前头的人清醒过来，破坏这个与林微微，以及命运共处的下午。当天晚上林微微多了一个粉丝，叫"斯芬克斯"，头像是一张命运之轮牌，斯芬克斯是命运之轮里的天使。斯芬克斯自己不发微博，总在她下面评论，一个笑脸，一朵花，一片叶子，但他们从来没有发过私信，闵之有她一切联系方式，但他没有直接联系过她，他甚至没有确认过斯芬克斯的身份。

林微微习惯了这样的开始，也习惯了大部分时候这并不是一个开始。

两家人坐隔壁桌，两边的妈妈几乎同时猛扯纸巾擦桌子，桌面上惯例是油乎乎一层，纸巾用完堆在桌子一角，说不出是倒人胃口还是引人食欲。鱼上得很快，林微微注意到，闵之他们点的也是白鲢，隐藏在一盆子大葱、姜丝和二荆条之间，一个鱼泡孤零零地漂在汤上。六个人默默地吃了半个小时，在店门口的大木桶舀饭的时候遇到过一次，闵之的妈妈给了林微微两勺子，把小碗压得很紧后又加了一点。大家都要了店里自己泡的柠檬酒，又都没有喝完，这种酒有柠檬香，但烈而上头。一桌有一罐加多宝，留下一桌子鱼骨头，两家人抢了一下买单，最后还是各付各的，都是七十块出头，一盆鱼，三两凉拌猪头肉，一份炒藤藤菜，一碗酸菜豆瓣汤。走到大

路上闵之说，他们开着车来，这里不好打车，中巴上都是鸡
笼鸭笼，要不六个人挤一挤？林微微看了一眼那辆银色宝来，
想到鸭屎的味道，点点头答应了。

　　闵之的爸爸开车，他妈目测接近一百三十斤，只能坐在
副驾位上。闵之坚持要让林微微坐最里面，自己在中间尽可
能往前倾，隔着林微微的妈妈。车子在小路上急转弯的时候，
林微微注意到闵之的牛仔裤有点低腰，露出黑色内裤边。侧
面看过去，他的小腹彻底平坦，毫无可能揪出一点触感舒适
的肥肉，林微微觉得有点遗憾，但是她立刻意识到自己还不
是感到遗憾的适格主体。她试图拉出任宁抵抗这些，但是没
有任何一个相关的画面涌上来，任宁的内裤，任宁的肚腩，
统统一片空白，任宁撇撇嘴，不愿意掺和到这里来。

　　她转头看着窗外，收割过的稻田堆着草垛，几只污脏的
黑山羊走在泥路上。天开始阴下来，并没有真的雾气，一切
还是含糊不清，秋天已经闪退，自贡那被浓雾笼罩的漫长冬
天就要开始，命运之轮却还停在上一个季节。

6   纽约

　　我在 12 街的 Bank of America 查了一下余额,支票账户上接近四千五百,储蓄账户上有九十多,交完房租,这笔钱刚好够我花两个月。最后取了四十,两张二十美元从提款机里吐出来,装进钱包里薄得失去知觉。几十个硬币沉沉地压在零钱包里,全是一分和五分,所有的 quarter 都被我仔仔细细地拣出来了,在九十九美分店里四个 quarter 可以买三瓶矿泉水,或者一双塑胶手套,在九十九美分店里我总是付现金,这样可以免掉接近九个百分点的消费税。

　　二十美元上印着安德鲁·杰克逊,第七任美国总统,我对他一无所知,但这是我在纽约最常用到的面值。刚到美国时,我身上有三十张一百块,在大望路万达广场后面那家工商银行换的现金,他们只有这一种面值,我的钱包放不下这么多钱,拿一根红色橡皮筋扎起来,放在以前律所的信封里,红色和绿色撞得让人不安,飞机上我又特意拿出来,换成一根黑色皮筋。下飞机发现手推车一个五美元,没有人给我换钱,我搬不动二十几公斤的行李，坐在地上哭了一场，我在纽约也就哭了这么一场，找不到纸巾，鼻涕尴尬地流下来。最后有人给我投了币，把一个车推到我面前，我试图看清楚他的样子，但是哭得过于投入，隐形眼镜缩到眼角，对着空气抠了很久才抠出来，纽约给我的第一眼就是这样的红肿刺痛，模糊不清。

一百美元的正面是富兰克林，背面是费城独立大厅。我去过一次，聒噪的女导游指引着大家一起大声背诵《独立宣言》，又看了几个装满桌子椅子的房间，就这么出去了，全程没有超过半个小时。我只是松一口气，这个地方好歹来过了，以后再不用来，就像我去了一次帝国大厦，花二十七美元，一百零二层看起来不似人间，我不敢走到边缘去拍照，站在双筒望远镜面前我没有想起任何一部电影，只是觉得风中有倒刺，踝靴里没有穿袜子，脚趾头冰凉冰凉，缩在假麂皮里。

独立大厅外面的自由钟还是一百多年前敲坏的那一口，我在那个大豁口前面让人拍了一张照，白衬衫，宽脚牛仔裤洗得太旧，也早就磨破了裤边，好像故意做出的流苏。我想过把这张照片洗出来寄给任宁，因为衬衫是他陪我去华贸买的，买好衣服我们在负一楼吃满记，我永远是杨枝甘露，他永远是西米焗布丁，吃着吃着他说："这件衣服好看，就是这种麻料，洗洗就皱得厉害。"

后来果然如此，照片上明显可以看到满满皱褶，我有点冲动，想让闵之看到我在美国的样子：面前豁了个大口，衣服上都是褶，长裤拖地。最后当然没有发给他，照片一直存在我的手机里，用各种各样的滤镜做过效果，最后还是发现原图最好，能看见嘴唇下面长了两个小泡，眼睛里有血丝。

不知道为什么，我希望任宁看见这些，毛孔、黑眼圈、眼眶边的几个脂肪粒，而不是过滤后的虚假光泽。

　　要是再找不到工作，我就要飞回北京去，不管钱还是签证都是如此。我有一张回程 open 的机票，反方向绕着地球飞，要在伊斯坦布尔转一次机，两段航程都漫长得像永远不会结束，飞机餐是一截煮得很老的鳕鱼，或者一块黏糊糊的红酒牛肉，我只好每顿都要三个面包，夹上黄油胡乱把自己塞饱，他们有一种免费的酒，一股浓烈茴香味，我喝到几近于醉。半夜里忽然醒过来，身上盖着一张吸足酒味的毯子，边上的美国老太太还在看电影，笑出五层下巴。她大概有三百磅，我开始疑心她没法系上安全带，但是她成功了，我佩服她。我一直憋着尿，六个小时后才第一次去洗手间，她让开的全程花了五分钟。

　　飞回北京我也不能住回管庄。那套房子有六十三个平方，是小区里难得的低层板楼，一共只有三层，蓝色外墙，虽然几年没有清理过，但它毕竟是蓝色。第一次看房我们就签下了合同，一人凑了八万首付，任宁取出四万块住房公积金，粉刷墙壁，又买了一些家具，什么都是廉价货，米黄色沙发一千多，花瓶九块九，灯二十九块九。只有地板上有张宝蓝色羊毛地毯货真价实，花大价钱托人从伊斯坦布尔带回来，搬进去第一天我们躺在上面做爱，做完任宁睡着了，我轻轻爬起来给他盖上被子，地毯在深夜里变成藏蓝色，让我们的身体更显莹白。

　　房子朝西北，窗外有一棵银杏，再远点还有株桂花，即使夏天也不西晒，冬日晴冷，我在树下捡了果子做白果炖鸡，小火砂锅，炖三个小时，鸡汤撇好油端出来，任宁还是坐在窗前的书桌上做他从来做不完的合同。在那个时刻，我觉得人生大概就是如此这般，并且觉得如此这般让人满意。

但不可能的，不可能永远如此这般。过了两年我们就把它卖掉，赶上那一年房价的最高点，卖给一个怀孕八个月的孕妇，肚子极大，走在路上人人都只敢隔她十米远。她一直问我能不能把地毯留给她，我反复拒绝，寄回了四川老家。卖完还掉贷款刚好有一百万，我们说好一人五十万，但是任宁最后往我的卡上多打了十万，他问我：微微，你想怎么花这笔钱？

我没有告诉他我会怎么花这笔钱。我来了纽约，用这违背了我们种种规划的六十万。

6 自贡 ●●●◁

　　每周总有两个晚上，客厅里挤满人，四姨妈五姨妈三姑姑带着各自的男人，表妹堂姐带着各自的孩子，紧紧挨挨坐在沙发上。大红真皮的沙发，买的时候花了八千块，是房间里唯一称得上洋气的家具。另外不过是仿制的一切，阴沉的仿紫檀电视柜，边上放着一个仿青花大缸，养过几次鱼都死了，后来养了两只乌龟，乌龟吃得多，屎又非常臭，最后变成放零钱的地方。每次家里来人，妈妈就让林微微把面值超过十块的纸币拣出来，一缸子硬币闪光，像是特意为之的装饰品。

　　一百瓦的白炽灯毫不留情地当头照下，每个人都显得蜡黄。刚吃过晚饭，茶几上摆满零食：五香瓜子，椒盐花生，小麻花，几块阿尔卑斯牛奶糖，五六个橘子。两盒林微微从北京带回来的瑞士黄油曲奇，以及下午刚买的三斤龙眼都提前藏进了卧室。林微微坐在错层的饭厅里上网，她的父母没有地方坐，站在窗前嗑瓜子，有人开始抽烟，烟雾渐渐散开，在没有开窗的房间里回旋。

话题一般围绕着钱，各种各样的钱：昨晚打麻将赢了三百八，下午斗地主又输出去一百二。四姨妈的退休工资涨了两百三，但是三姑社保续得晚，只涨了八十。大家凑份子买的鞍钢股份又跌了，唯一值得安慰的是，其实不管买什么都跌了。五姨妈前段得了急性胰腺炎，差点死在自贡，最后是连夜送去成都救回一条命，两万八的医药费，只能报销一万出头，林微微帮着给工会写了封申请信，拿到两千块特困补助。以前镇上住隔壁的王大孃走在路上被人下迷药，晕晕乎乎去银行取了十万现金给骗子，王大孃在床上躺了半个月也无法起床。

十万块这个数字不停地被重复，在客厅里绕了好几个圈，分贝越来越高，终于像直冲而下的雷峰塔，把所有人死死镇住。他们大都没有十万块，买过房子的人不可能有，没买房子的人连房子都没有，怎么会有十万块，他们的存款彼此遮遮掩掩又心知肚明，在两三万和七八万之间各自寻找落点，数字决定于退休前是不是正式工，这几年有没有生过病，孩子是不是读过大学，以及股市在六千点的时候有没有热情万丈地扎进去。只有林微微的父母气定神闲，他们不买股票，没有房贷，身体健康，有大概二十万的定期存款，另有十万活期，存单搁在一个糖果铁盒里，塞在衣柜最里面，边上有八十年代没有用完的粮票。

亲戚们模模糊糊地知道林微微有点钱，但是没人知道那是六十万，任宁的汇款留言里有几个字："微微，你好好过，把房子装修得舒服点"。没有句号，这句话没有说完，下面可能跟着："我还想过来住。"也有可能是："就当送给你的结婚礼物。"林微微拿不准哪一个更让她有一点点的开心。

旁边一个小区刚刚盖好，走路五分钟，门口保安室煞有其事地修成了罗马式，柱子太大，显得房间更是逼仄，放一张桌子都勉强。门口浅灰色背景墙上用碎大理石拼成"塞纳河畔"几个字，歪歪扭扭，看不出什么体，下面的字母不是法语也就算了，连英语都不是，而是斗大拼音：SAINA HEPAN。开盘价三千五，卖了一阵又涨成三千六百五十，但是送半年物业，一次性付款还送一个大彩电，四十英寸，摆在售楼处显得极其惊人，但牌子是长虹，现在也就能卖个三千多块，上面罩一块粉红色绣花镂空纱布，这种纱布在九十年代的自贡一度风行过，不知道他们到底从哪里翻出来。要是首付超过五成，就拉拉杂杂送一大堆厨房用具：铸铁锅，黄桷木菜板，尺寸不一的十八子菜刀，以及一个可以定时的美的电饭煲。

林微微去看了两次房，都是看一楼，她喜欢花园，但买不起带花园的大户型。九十几个平方的两室两厅，每一个房间都是不规则多边形，妈妈不满意，觉得浪费的面积太大，林微微倒是喜欢，觉得各种犄角旮旯都可以放上一盏暖色落地灯，要不就铺上地毯，扔几个靠垫。客厅和主卧的落地窗不知道对着哪个方位，这里没有人关心这个，反正一年四季永恒没有阳光，朝南朝北不过是一种心理慰藉。窗外是小区花园，草皮刚刚植上，中间微有秃斑，一棵黄桷树奄奄一息，边上两株桂花倒是活了，一茬茬开花，因为太香而有一股油焖味。小区里的秋千装了好几天，已经有附近的小孩排着队，有一个小姑娘穿玫红色毛衣，几乎荡到了树顶。林微微点了支烟，坐在光秃秃飘窗上，这个飘窗可以漆成蓝色，面前摆那张从北京寄回来的地毯，因为找不到合适的地方摆放，她连纸箱都没有打开过。林微微意识到自己以后要天天面对这些：黄桷树，桂花，秋千，别人的小孩，最后是自己的小孩，先是坐在蓝色飘窗里抽烟，最后因为小孩不能抽烟。

　　她对房子没有意见，但迟迟没有下定金，想尽可能地拖延这一切的到来。她有点忘记，自己曾经那样迫切，希望这一切赶快到来。塞纳河畔卖光了没有关系，再走几分钟还有巴黎左岸，也是圆柱穹顶，也是小区里奄奄一息刚刚种上的黄桷树，开盘价三千八，但是房地产商曲里八拐地认识，可以打九折。这再怎么拖延也必然会到来的两室两厅，是林微微回到自贡的最大理由，这理由尚未实现，已经提前让她厌倦。

7　纽约

从 Albany 回来后，我收到过一次闵之的邮件。我其实不记得我们什么时候互相留过邮件，在那个一切混乱仓促的晚上。

信写得不短，先告知他的住址，第六大道 3 街，走路去 NYU 大概十分钟，二十八楼。在曼哈顿住在二十楼以上很重要，否则不可能有机会看到天空。二十八楼，大概只能听到消防车呼啸而过的鸣笛声。纽约下城永远让人觉得混乱，联合广场有几个黑人表演杂技，一个人筋斗翻过好几个人，另一个人在旁边上窜下跳打鼓，然后拿出一个巨大的铁桶收钱。我没见过几个人往里面扔钱，铁桶空空荡荡，几个硬币撞击桶底甚至发不出声音，有一种和这热火朝天的城市不协调的冷冰冰感。

闵之就是如此，用一种冷冰冰的热情邀请我有空去他家做客，注明他一个人住一室一厅，这既是提醒我可以过夜，也是提醒我他付得起一个月起码三千块的房租。家里可以做饭，他说，我也能做两个小菜，红烧黄鱼据说是正宗的上海味道。除此之外也没有别的，隔着 Gmail 我都能看到他在发愁：跟一个有过一夜情而且只打算一夜情的姑娘到底应该说什么呢？他并不是真的想红烧黄鱼给她吃。他是个体面的男人，只想多多少少有点礼貌，他并不是那样频繁地做这种事，还不懂没有后续就是最好的后续。

我看出了这点，不管前面那套程序多么熟练，他在这个领域其实是个羞涩的新手。在 Albany 那个晚上，结束之后他先去洗澡，然后穿得整整齐齐出来，白色圆领 T 恤，卡其色短裤，赤脚踩在地毯上。我只好也起身去洗澡，走过去几步路，尴尬地裹一条床单，同样穿得整整齐齐出来，过来的时候我套了一条白色连衣裙，毫无式样，唯一可以显出腰身的腰带还忘记系上，也许是觉得很快要脱下来，没有必要多此一举。

两个人坐在床边焦急地寻找话题，电视开到最大声，CNN 里正在热烈讨论轰炸加沙，我们慌不择路，只好开始谈巴以和平问题。我在让人窒息的冷场中不知道怎么抓住了一个名字，跟闵之说："萨义德，你听说过的吧？以前也在哥大，后来得绝症死了……我觉得他挺可怜的，巴勒斯坦人，住在纽约，又在大学里工作，完全被犹太人包围了，他一定很孤独啊，你说是不是？"

闵之明显茫然，却还是说："图书馆里好像看到过他的书，但没有打开过……孤独？纽约嘛，人人都觉得自己孤独……你们哥大出的名人真多，奥巴马是不是也在哥大读的本科？我们学校好像最有名的就是李安了。"

“那你见过李安没有？”

“没有，有一次他回学校来做一个讲座，我没有去，人太多了，我又有 paper 要写。”

“李安的《喜宴》拍得真好。”

“哦，是吧，我还是更喜欢《色戒》。”

“汤唯是不错。”

“嗯，梁朝伟也演得很好。”

谈话结束了，从萨义德到梁朝伟，我们都尽了力。凌晨一点半，我也不能再回房间去吵醒别人，我们穷途末路，只好又做了一次爱。这一次大家都心不在焉，我没有脱下裙子，他穿着 T 恤，做到一半发现忘记关掉顶灯，两个人只能尴尬地错开眼睛，最后草草收场，疲惫不堪地各自睡去，很可能我们都没有睡着，不过一个人占据一边床。

第二天我醒得早，去公共卫生间里洗漱，遇到一个室友，也是个中国人，她当然装作什么也没有发生，但明显沉着脸，我清清楚楚看见她心中的鄙视。考试考了两天，闵之没有和我再说过话，我们坐同一班车回到纽约，他一上车就去了二楼，我感到合理，安心打开一包奥利奥，开始读手机上下载的言情小说，小说里男女主角第一次做爱，写了长长两页，有月亮、液体和血里的腥气，我试图在这些词语里回忆闵之进入自己身体的感觉，但我真的忘记了。

桑迪飓风第二天，我接到闵之的电话，看到来电显示，我再一次诧异，担心他是没有锁屏幕，自动拨出我的号码，但人生巧合向来不会发生在应该巧合的两个人之间，比如我用一部旧诺基亚留着国内号码，任宁从来没有拨错过这个号码。这是我和闵之第一次打电话，他声音略哑，大概陡然降温感冒，我突然想起他在床上压低了的喘息声，一时间只觉陌生。

闵之说，downtown 断水断电，而且看起来一时间恢复不了，曼哈顿连宾馆都不好找，之前聊天的时候我说到家里有两个卧室，他能不能过来住几天？

我无声地笑起来，想反问他：你还真的打算用另外一个卧室啊？但我们并没有那么熟，只能和他一般正经礼貌，问他打算怎么过来，地铁停了，这个时候也打不到车。

闵之清清喉咙，说："哦，我有部车，我开车过来，希望油够，现在也找不到地方加油，你能把地址发我吗？"

住在不和任何人 share 的公寓里。住的地方距离学校走路只要十分钟，他还在纽约养了部车。去考 BAR 一个人开房，没有奖学金的 JD，三年的学费加生活费起码是三十万美元，以他的生活方式大概要四十万。他不会从伊斯坦布尔转机绕着地球反方向飞一圈，一定是坐美联航的直航，也许是商务舱，供应香槟，晚餐可以选择烤鱼。长得算好，牙齿整齐，大腿结实。床上及格，其实是优于及格，时间不长，但我想这不是体力问题，而是我们不熟，你也知道，和不熟的人到后来总有点着急，好像生怕耽误了对方时间，好像对方会翻身起来，拿出手机回一封邮件。做爱时喜欢把手放在我的腰上，喜欢在微小移动后停留于某一块皮肤。最重要的是，他看起来多少有点喜欢我，甚至不仅仅是在床上。

把这一切列举清晰之后，我开始洗澡，拿出一罐没有开封的磨砂膏，反复磨了腰上的部分，直到皮肤刺痛，又做了一个面膜，绿色海藻贴在脸上，有轻微腥气。我一边涂润肤露一边想，任宁看到这一切会怎么说？他可能会说："微微，你怎么会变成这样？"我凭空中突然想和他吵架，一场我们分手时也没有真正吵过的架，想使用脏话，想粗俗，想过瘾。但是当然，任宁什么都不会说，我们都不再适合在对方的生活下发表评论，哪怕只是一个表情符号。

我不知道应该穿什么，总不能在家里也穿小礼服裙，再配好鞋。最后穿了墨绿色丝绒宽脚裤，正好盖住拖鞋，我不想他看见我的廉价人字拖。白色薄毛衣，领开得够低，想要露肩轻轻拉一下就行，里面是黑色背心，露出一点黑色内衣带。把衣服换好，头发吹干，又涂上玫红色唇彩之后，我听到外面停车的声音，走出去看到一辆白色宝马X5，正在小心翼翼地开进一个狭小车位，飓风过后满地树枝，轮胎压过，有一种让人不忍的痛楚感。

隔着茶色玻璃，我没有看清楚闵之的脸，还好他很快就要走进来了。没人知道曼哈顿什么时候恢复供电，世界特意变成孤岛，给我们预留充足时间。

7　自贡　●●（（

　　林微微试图赖最后五分钟的床。自贡已经连续下了两周小雨，她不愿意所有叙述都从天气开始，因为天气其实贫乏，出了太阳，下了雨，一直是阴天。最复杂的无非是下了暴雨后又出太阳，下班路上看到彩虹。自贡又从来没有雪，夏天偶尔下冰雹，拳头大小，砰砰砸在黄桷树上。但是她穷途末路，找不出别的叙述，跟父母住在一起的单身女性，十个小时前最后发生的故事不过是没忍住让妈妈煮了一碗面当宵夜，里面乱七八糟地放了昨晚的子姜鸭、前天没有吃完的韭黄鲫鱼，自贡的韭黄其实是绿色，有细细白根。面吃到最后辣得不能入口，喝了一碗冷米汤才勉强吃完，林微微不敢不吃完，怕伤了妈妈的心，她撑到十一点半不睡，就为了给林微微煮这碗面。

　　然后林微微躺下来，为自己三十岁还住在父母家中，以及一碗面都不敢不吃完伤了心。太多事情值得伤心，贫乏的天气，而且最近只是贫乏地下雨，种种无以为继的空洞叙述，被一碗面烧灼的胃，一大碗冷米汤也没能祛除的渴。但林微微还是照常睡着了，半夜醒过来一次，把床头柜上的水一口气喝光，八点照常起了床，精确赖床五分钟。

她倒是没有特别不想去上班，困在办公室里写《短信微博一起上，自贡司法走入普法网络时代》与《自流井区仲权镇调委会成功调解一起土地承包经营权纠纷》并没有那样难以忍受，坐在电脑面前笃笃打字，林微微觉得自己和这天气一样贫乏，但是踏实，手脚冷木了，脚心麻酥酥刺痛。

在北京的最后两个月，林微微辞了职，卖房子的手续冗长。任宁已经搬出去，住在三元桥一个破旧的老小区里，一室一厅只要三千三。林微微看过一次那套房子，说是一室一厅，但是北京老房子的厅只能放下一张小方桌，卧室倒是宽敞，朝南又开着大窗，阳台上有房东留下来的一盆月季，有一枝花将谢未谢，会颓然开到冬天。

时间多到每做一件事都非常慎重。她每天十一点起床，先喝一大杯冰橙汁，再烧一壶咖啡，林微微喜欢喝肯尼亚，加双份糖和牛奶，喝到最后有细微的柑橘香。坐在沙发上读书、看美剧，一缸一缸洗衣服，但是一个下午怎么也过不完，时间像洪水一样汹涌而至，她却没有穿好救生衣。唯一一次她去三元桥找任宁，为了签一份卖房文件，去早了，任宁还没有下班，她坐在小区唯一一张木质长椅上，装模作样拿一本《三诗人书简》。后来任宁看见这本书，问她好不好看，她说，茨维塔耶娃一九二六年八月二十二日给里尔克写信，信里说：

"爱情靠例外、特殊和超脱而生存。爱情活在语言里,却死在行动中。"

任宁一边开门一边问:什么意思?

他们一起吃了晚饭,就在小区门口吃湖南米粉。下单时林微微习惯性地说:你还是要两份牛肉浇头是吧?

任宁立刻回答:不用了,我今天不吃牛肉粉。

签完文件她就回去了。出地铁后,她又吃了一顿肯德基,并不饿,只是想用三对奥尔良烤翅覆盖掉刚才那顿晚餐。

办公室空调开到二十四度,把半干未干的毛巾熏出一股馊味,热风吹在脸上轻微刺痒。林微微厌恶冬天的空调,她想念北京,每年暖气启动时房间里都会有奇怪声响,像张爱玲写过的"如果你放冷水而开错了热水龙头,立刻便有一种空洞而凄怆的轰隆轰隆之声从九泉之下发出来"。林微微试图绕开张爱玲,自己寻找一种叙述,但是没有找到,原来她就像这停用八个月的暖气片一样空洞,在暗处锈迹斑斑。过了几个小时,整间屋子悄无声息地暖起来,既可以穿一件薄毛衣读书,也可以脱得只剩短袖切菜,不像空调,永远是一种剧烈然而粗糙的热度,冬天刚刚开始,每个人都嘴唇长泡,满脸不耐。

王建国早上走过来两次,提醒林微微下午要报上部门参加自贡市司法系统新年晚会的节目。这件事理直气壮地掉在她头上,没人理会她从来没有参加过单位的卡拉 OK,走路不外八,看上去也不能跳舞,唯一会操作的乐器是五岁时玩过的小钢琴，她能用一个手指头弹"我是一个粉刷匠"。没有辩驳的可能，她是司法局里那个著名的"房子都卖了，从北京回来的女律师"。林微微回答了一百遍关于"为什么要回自贡来"的提问，她后来学会了用这件事开玩笑，比如使用字正腔圆的普通话，胸腔发音："因为……因为我要报效家乡。"提问的人咧开嘴笑一阵，这件事就能糊弄过去。

　　找人临时编个舞是不可能了，本部门加上王建国一共五个人，没有人能说相声，彭子康和曾家原两个名字像是从港剧里走出来，但他们都是四十多岁、面目模糊的男同事，普通话带着浓重口音，却喜欢和她努力说普通话。最后选了歌曲联唱，秦明媚能唱点黄梅戏，王建国会唱苏联老歌，另外两个男人唱两句罗大佑李宗盛总没有问题，林微微自己，打算唱《富士山下》，"人活到几岁算短 / 失恋只有更短 / 归家需要几里路谁能预算"。

　　她和任宁去过一次富士山，先在东京逛了两天，去筑地市场吃过寿司，在上野看了美术馆，后来才坐大巴去箱根，住一家极贵的温泉酒店，据说川端康成喜欢那里。酒店有私人露天风吕，为了抵消那价格他们一直泡在水里，皮肤粉红发皱，最后几乎窒息。他们试着在水里做爱，但总不能成功，任宁没法完成这件事。

　　不行，在水里总是觉得没有进到最后那里，他说。

　　后来他们挪到池边，天太冷，焦急带来意外的快感，拥抱着颤抖的时候，林微微以为他们不会分开。池边地板冰凉坚硬，她身上布满淤青，回国后好几天才慢慢消去，那是他们唯一一次一起旅行，也就几个月时间，他们分了手。

坐在被空调热风吹得满脸红疹的办公室里，林微微突然被另外一股暖热浸透，她走到阳台上抽烟，雾沉沉的空气中满是硫磺味，像是整个世界在焚烧那些过期的时间。

8　纽　约

　　闵之在后备箱里装满食物，黄鱼，千张包，两只缅因大龙虾，手上拎着一大袋龙眼，他穿一件龙眼色的黄风衣，更显脸色白净。我反复看了他几眼，觉得实在是一个没有什么可挑剔的男人，何况替他把风衣挂起来的时候，我注意到那是 RALPH LAUREN。龙虾涨到了快二十块一磅，龙眼是六块九毛九。我还没有在纽约吃过龙眼，樱桃一块两毛九一磅的时候我吃樱桃，蓝莓九毛九一盒的时候我就吃蓝莓，蓝莓淡而无味，我加上大量白砂糖熬成果酱，涂在一块两毛九一包的切片吐司上。

　　开始自然是尴尬的,他换好拖鞋进屋,把龙眼放在茶几上,几次试图开口，却迟迟不能吐出第一个字。

　　我把龙眼洗出来，这才问闵之，龙眼的英文怎么说？

　　他松了口气，说，longan。

　　我也想起来了，荔枝是 litchi。

　　闵之说，超市里也有荔枝，但我想着荔枝上火。

上火的英文怎么说?

他认真想了想,试探着说,inflamed?

上火好像跟发炎不完全一样?

就这样,他住在我的房子里,没有提前约定归期。这一袋龙眼当晚就吃完了,我和闵之坐在沙发上一边剥一边看电视,中间隔一个脏兮兮的抱枕。暖气开到华氏六十八度,闵之洗好澡,穿纯白色T恤和蓝色长睡裤,上面印着蜘蛛侠,有两次我想把手放在他大腿上的那张蜘蛛网上。但最后我管住了自己,龙眼不上火,我找不到理由这样。

晚餐吃龙虾。两个人都不会煮,胡乱塞进一口大锅里烫成粉红色,煮了一会儿有一只挣扎着爬出来,我戴着塑胶手套,冷静地把它塞回去,没有出现《安妮·霍尔》里的情节。以前任宁送给我一个巫婆玩偶,卡片上写着《安妮·霍尔》的台词:人人都爱白雪公主,我却对恶毒的皇后一见倾心。

龙虾煮老了,味道寡淡,蘸芥末酱油还是寡淡,我们几乎是就着清炒豆苗和野香菌饭扫光才吃完一锅米饭。闵之非常自然地开始洗碗,我站在边上跟他聊天,把洗好的盘子放进沥水篮里。

在那个时候,我以为我们会有个故事,也许不是一个写得太理想的故事,但有总是有的。开端,发展,高潮,结局,我们总会走完整个流程。

他的BAR当然过了,也拿到JD毕业证,手里有几个很好的OFFER,最后选的这家律所推开窗就是中央公园,第一年年薪十六万,一月开始上班。他正打算从下城搬到上城去,这意味着房租起码要涨一千美元,但是走路十五分钟就能到公司。他应该住在上东区，就像我应该住在皇后区，这当中有一些不言自明的真理，我们并没有分享同一个纽约。

闵之问我：你的工作怎么样？

我说：还没有找到，没关系，找不到我就回北京去。

说完这些之后，我走进浴室里洗澡，换了玫瑰味的沐浴乳，穿一套蓝色丝质睡衣睡裤出来，睡裤很长，卷两圈边后还是拖在地板上，睡衣最上面的一颗扣子掉了。我没有穿内衣，在家里总穿着内衣似乎也是奇怪的。我知道这套睡衣会衬得我皮肤细白，尤其是脖子到胸口之间的含混地带。

但闵之真的住在客房里，还好之前我把那套劣质床品换了。晚上十二点，他从沙发上站起来，说他困了，然后就走进房间，我听到"咔嗒"一声，知道他反锁了门。我把自己的门虚掩着，以为他会在半夜走进来，结果并没有，整个晚上只有他的呼吸声穿过墙壁。这栋房子的隔音太差，我好像看到闵之裹紧米黄色被套，这套床品就像Burberry的经典格子，其实它只值138块人民币。我再怎么虚张声势，闵之也没有再次和我上床，想到几个月前他熟练地勾搭我，我又熟练地回应了他的勾搭，那时候的我们有一种让人怀念的勇敢。

他就这么住了好几天，话越说越少，开始我们还试图装模作样地聊天，后来发现大家都有基本的羞耻心，没法虚伪下去。屋子里有两个客厅，中间是狭长走廊，我们一人占据一个房间，对着各自的电脑上网，他带了一个最新款的iPad，有时候我借过来玩一会儿愤怒的小鸟，专门挑有小黄鸟的那些关卡，因为它们飞出去时有声回味悠长的"灰……"。闵之还带过来一本萨义德的书，*Out of Place*，不上网的时候，他就坐在沙发上看书。有一天他隔着走廊对我说:"你知不知道,萨义德的舅妈在第四大道开了家内衣店,广告词是'我们合则坚挺,分则松垮',united we stand, divided we fall。"

隔了一会儿,我才反应过来这是个笑话,要笑又已经有点晚了。我知道闵之故意让我看见他在读萨义德,含蓄表示中间这两个月他有想到我,想到那个暧昧不明的晚上,但我渐渐失去耐心,不想配合他定位不明的剧本。

我们每天一起吃两顿饭,饭桌上两个人都紧紧盯住电视,像一对不怎么熟或者太熟的夫妻。午饭我做,晚饭我们轮流做,他表扬我的豆豉剁椒土豆蒸排骨,他的荠菜炒年糕我吃了两碗。大家都不吃早饭,晚上十一点两个人都有点饿了,先后坐在厨房里吃两根澳门蛋卷。

我懈怠下来,每天穿着瑜伽裤和黑色卫衣,洗完头懒得吹干,用一个鲨鱼夹固定在头顶,好几个小时后才想起来梳通。有一天我做了个海底泥面膜,和闵之在走廊里遇到,他镇定地让我先过去,我想笑一笑,但面膜渐渐干掉,不允许我做出任何表情。

洗掉面膜后,我发现自己上火了,鼻子刺痛,嘴唇边沿像涂出界的口红。我突然怒气上涌,一时间什么都遏制不住地想和这个人撕破脸,趁这股怒气还没有被自己习惯性咽下去时,我赶紧跑去问正在杀西瓜的闵之:"喂,你到底是什么意思?"

他按下暂停键,上面显示得分是 707,我从来没有打过这么高分。闵之明显松了一口气,他熬了这么几天,终于熬到我先把话说出口，但他并不敢看我的眼睛，只是说："我也不知道……你呢？你什么意思？"

我说："凭什么让我回答？短信是你发的，邮件是你写的，电话是你打的，我做了什么需要回答这个问题？你这么远过来，就是因为飓风停电？就是想在我家洗澡吃饭打游戏？"

"当然不是。"

"那你是想来干什么？"

闵之沉默了一会儿，反复抚摸屏幕上被劈成两半的菠萝，好像试图在加分里获得勇气："你当然知道我想来干什么……但我拿不准，你会不会怪我？"

我也不好意思说自己什么都不知道，只能问他："拿不准什么？"

"拿不准……拿不准我们是不是真的要有一段relationship。"已经坦白成这样，闵之还是不敢把"恋爱"这两个中文字说出口。

我没有继续问下去，我知道他拿不准的一切。还能有什么？他总不会拿不准我的胸是不是货真价实。他不过在用最正常的方式打量我：来自四川一个没有听说过的小城市，在北京读了还算过得去的本科，不知道哪里有钱来纽约读这一年书，住在皇后区，生活窘迫，至今没有找到工作，随时可能滚回中国去。我并不差，但他当然能找到更好的，这让他对我的可能性定位在 one night stand 和 relationship 之间，好像先认定了我随时等待他定位任何一种关系。

我当然觉得屈辱，但又不可辩驳，因一切的确如此。

我没有说话，掉头做饭去了。纽约的煤气灶火势虚弱，永远不能爆炒，温水煮死万物，我接受了这一切。

闵之洗完澡出来，我正在院子里晒衣服。他远远站在台阶上，感应灯照例不亮，黑暗中我们隔着一个落满枯枝的破败小院，中间只有三个大型垃圾桶，因为收垃圾的工人一直不来，食物残渣的味道在空气中渐渐明确，这是过去几天两个人共同生活的遗迹，除此之外四下沉沉，连猫都没有经过。我拿着塑料盆走回房间，和闵之擦身而过，有那么一个瞬间，我以为他想拉住我，但他并没有，把话说开之后，我们都知道剧本已抵达结局。

那天晚上，我把门反锁着睡觉，觉得这一切都没劲透了，基于一种徒劳而破碎的自尊，我也不好意思说自己伤了心。第二天早上起来，闵之已经打扮妥当，那件米黄风衣搭在凳子上，他说下城的水电都已经恢复，他可以回家了。

我送他出去，没有洗脸，在睡衣外面裹一件黑色长开衫。我看着他的宝马歪歪扭扭地开到 broadway 上。如果这几天能被删除那该多好，那样我们就能停留在那个 Albany 的晚上，一场中规中矩的性爱之后，他满身汗水抱住我，皮肤留下印记，记忆却一片空白，那些时间是即刻焚烧的垃圾，黑色灰烬流入大海，一切就这样结束了。

8 自 贡 ●●●《

十二月三十一号那天下了雨，自贡冬天的雨总显污脏，每一条路上都有来路不明的菜叶子和鱼骨头，香辣蟹和蹄花汤门口站着胖墩墩大嬢，拿着巨大笤帚哗啦啦扫地，越扫越脏，让人紧张。

林微微走到假日大酒店，发现丝袜已经毁了，为了配这条黑色亮片小礼服，她穿着十厘米的蓝色细高跟鞋，又戴一对垂到肩膀的蓝色流苏耳环。化了一点淡妆，涂玫红色口红，在洗手间里换丝袜的时候姿势窘迫，抬头看到镜子，发现唇膏溢到四周，像燥热上火，这是一个处处上火的冬天。

一身衣服都是圣诞节买的，那几天一直是惨白阴天，林微微下了班，和王艳一起在檀木林吃烧牛肉，然后去逛了一会儿商场。王艳是她回来后联系最多的中学同学，大安区卫生局副局长，常年去各街道视察工作，穿中跟鞋，因为长得微胖，又喜欢买小一号西装，不大系得上扣子，她走出去确实也是很有分量的一个女人了，三十岁，副科级，在自贡称得上掷地有声。

中学时王艳就是个矮墩墩的胖姑娘，成绩中等，性格中庸，唯一爱好是和人聊金庸小说，狂热推崇程灵素，林微微从来没有听到任何人说过她的坏话，也许她不是一个让人有兴趣说坏话的人。这次回来她们在一家凉粉摊上重新遇到，大家都真的惊喜，吃到最后有个男人很热情地叫王艳：王局长！又把她们的单都付了，一共八块钱。王艳有点尴尬，但也明显习惯了。

自贡也就那么三四个商场，她们索性都去了，在 ONLY 和 ETAM 之间打转，一件白衬衫也要五六百，最后林微微什么都没有买，王艳用单位发的购物卡买了一件 80% 羊毛的紫色大衣，打完折一千八百多，牌子是"声雨竹"，从妈妈那里林微微知道这真的算个牌子，价钱让人震惊，王艳却说不贵，夏天的一条雪纺裙子他们也要卖上千。

后来在同心路上吃了烧烤，王艳拿起一串烤韭菜问她："你最近怎么样？有没有遇到什么人？"

林微微正在刷手机，微博刚出了点赞功能，闪之一口气赞到五十条前，但他还是没有给她打过电话。林微微又点了几串烤排骨，前方有男人喝醉了，在垃圾和垃圾之间打电话："你跟我说清楚，你到底啥子意思？你说清楚，你必须要跟我说清楚，你到底啥子意思？……"反反复复让对方说清楚，却没有给对方留下说话空隙，后来他的声音渐渐低了下去，可能对方挂断了电话，可能他自己也觉得，这一切没什么意思。

"哪里那么好遇到，你赶紧给我介绍。"林微微说。

"你总得说说有什么条件啊？"

"差不多就行了。"排骨烤过了，焦掉的部分吃起来反而更香。林微微想，闵之当然算得上一个"差不多"。

晚上林微微躺床上用手机淘宝下单，关机前又去看了一眼闵之的微博主页，他刚发了一条，是转发冷笑话，并不是很好笑。不管怎么看，他都是一个普普通通的男人，林微微拿不准自己是不是准备好接受这一切：一个差不多的男人，一个差不多的故事，发生在自贡，而不是北京。

衣服和鞋子赶在三十一号前都收到了，裙子紧紧贴身，细跟鞋走起路来很稳，加上耳环花了三百多块，和北京比起来，所不同的只是快递晚到两天。去年圣诞，她和任宁去逛新光天地，最后也是什么都没有买，排队四十五分钟吃了一顿鼎泰丰，回到家后，林微微淘宝了一条刚才试过的 MAX MARA 蓝色丝绒长裙，原单货两百五十八包邮。裙子在第三天寄到，任宁说好看，让她穿着做了一次爱，连高跟鞋都不让脱下。外面刮大风，他们终于静下来的时候听到风声，树枝将断未断时的挣扎。

晚会上所有节目都糟透了，更准确的说法大概是滑稽。起码有三个单位跳了骑马舞，男男女女都穿着长靴，在临时搭建的舞台上跳得震天响，有些人的小腿明显勒得透不过气，好几个中年妇女连拉链都拉不上去，后面豁着一个大口。他们的联唱也是一场灾难，所有人都跑调，秦明媚的《女驸马》忘了词，王建国的《红莓花儿开》低音没低下去，林微微自己从粤语版莫名其妙地唱到了国语版，不过这有什么关系，反正王建国早就说了，每个人都有五百块演出费。

好几个节目过后，林微微才看到闵之是主持人，穿紫色反光西装，戴紫色领结，配女主持人的紫色低胸礼服，好像随时打算拿黑色高帽变出两只兔子。衣服一看就是从歌舞团里借来的，不知道多少人穿过，林微微为他感到恶心。他惊险万分地化了妆，脸蛋和嘴唇都算红得克制，但眉毛描太粗。站在舞台上闵之更显又高又瘦，衣服撑不起来，肩膀一直往下垮，读串词的时候控制不住瑟瑟发抖，不知道是谁选中他，他连一句"下面，请欣赏市司法局法律援助处带来的舞蹈……"都说不清楚，节目结束之后想要说两句恭维话，一张脸却僵死在现场。林微微意识到，在这个明明极其荒谬却无人察觉的场合，她和闵之，有一种分享命运的亲密。

晚会结束，林微微走出酒店打车，好几辆车都被人截走了，闵之把他那辆宝来开过来，车上已经坐了四个人，但是都说还能再挤挤，她也就挤上去了，边上是一个胖胖小姑娘，大概刚考上公务员，穿一件粉嘟嘟的灯芯绒背心裙，像一个移动的蝴蝶结硬塞进车里。闵之已经换了衣服，也胡乱卸了妆，只是头发上的发胶还没洗掉，一车刺鼻的胶水味。他一一把人送回家，最后一个是林微微，从路线上看安排合理，她却知道不仅仅如此，这种确认让人沮丧，所有情节都熟门熟路，再微弱的电场也能被准确接收，这个世界没有忐忑和悬疑。

车已经开得足够慢，但还是太快就到了，自贡真是小，在市区内打车费最多超不过三十块钱。林微微想到自己和任宁慢慢熟起来的原因，就是他们总在国贸一起拼车回通州，这么断断续续一个月，又总是堵在京通快速上，两个人所有能交待的似乎都交待完了，走投无路之下，他们就这样谈起了恋爱。

从小区走进去的路不长，他们却着实走了一点时间。黑暗中有沉沉树影，社区茶坊里自动麻将机正在洗牌，两个人都不舍得开口说话。

进了楼道，闵之才问她："你……元旦打算怎么过？"

"不知道……可能在家睡三天懒觉，然后去河边上打牌。"

林微微以为闵之要开口约她，他能约她去哪里？农家乐？唱歌？吃自贡现在最红的一家青蛙？八十块一斤，排队的人在门口热火朝天斗地主。也有可能去看一场电影，自贡新修了好几家电影院。但什么都没有发生，闵之把林微微送到门口就转身走了，借着楼道里的光，林微微看到他鼻子上有指甲大一块褐色粉底，她突然涌起一股生硬柔情，想拿出纸巾，替他擦掉。现在已经没有人用手帕了，连对得起类似场景的道具都没有，林微微包里只有浓厚人造香精味的湿纸巾。

当然她没有这么做，那并不是一个合理情节，也许会在稍后的剧本里出现，如果闵之愿意留在这个"差不多"的故事里。走进客厅她不敢开灯，拿出手机发现刚刚过十二点，林微微不相信今年已经这么结束了，她在黑暗中站了一会儿，这才把高跟鞋踢掉，悄悄走进卧室，窗户大开，床单上有不可察觉又不能否认的水汽，她抱紧潮湿的被子，下了一个入睡前已经忘记的决心。

第二部

闵之和闵之

1　纽　约))●●

　　闪之把车倒出来，又抓紧看了一眼林微微，天色暗淡，她又穿黑色，站在路边像沉沉阴影。裤子太长，扫过还有积水的路面，遮住那双一眼就可以看出是在九十九美分店买来的塑胶人字拖。

　　她刚刚起床，还没有来得及洗脸刷牙，连头发都没有梳过，一个个圆圈蜷在额头。林微微的皮肤经得起高清检验，闪之习惯了白人女同学粗糙的脸蛋和长满金色绒毛的手臂，鼻翼两侧的密集雀斑，接吻的时候隔得太近，雀斑们活起来浮动在毛孔上，他只好装作投入地闭上眼。林微微脸上连一颗痣都没有，只是前几天吃太多龙眼，唇边涌出水泡，衬得脸色更白。他想到在那个 Albany 的晚上，房间里留有过道灯，他隐隐约约看到林微微莹白身体，双手四处游历，摸出来林微微是 32B，他不是没有摸过 C 和 D，但是 B 也够了，再往下走是最多一尺八的腰，他决定停留在那里。

　　第二天早上，闪之比林微微更早醒来，他想伸手摸一摸她的脸颊，晚上一直在身体上忙碌，没有摸过脸，也没有用手指抚过嘴唇。他有点拿不准，一夜情的人是可以用手指抚过嘴唇的吗？他最后选择原地不动，半个小时后，林微微窸窸窣窣起床，又轻轻关门出去。房间里有卫生间，但是她没有用，又过了几十秒，闵之听到林微微的拖鞋声在走廊里慢慢走远，公共盥洗室里的水声随即响了起来。

回纽约的车上闵之特意坐到楼上去，做出可以熟练处理此类事件的姿态，但他其实从来没有过一夜情。在纽约交过几个短暂的女友，有外国人也有中国人，严格遵循了第一次 date 吃饭，第二次 date 接吻，第三次 date 上床的法定程序，恋情再短也都有三个月，尴尬地介于一次 affair 和一段 relationship 之间。闵之事后想起来，没有办法解释为什么会在百无聊赖看 CNN 新闻的时候给林微微发出那条短信，手指无意识地敲打键盘，很自然地使用了英语，第一个字母懒得大写，二十秒后，这条短信发了出去：Hi, do you want to take a bath in my room？ I know you don't have a private bathroom，and it's so hot today。

林微微没有回短信，他松了一口气，感到这件事如此结束最为合适，但过了十分钟，走廊里有人轻轻地从远走近，敲门声轻轻响起。又过了十分钟，林微微从浴室里出来，他凑上去，脱下她的白色连衣裙，看见里面穿一套蓝色蕾丝内衣，内衣是四分之三罩杯加前扣型，扣子是一颗银色的心，她用了他的柠檬沐浴露洗发水，现在是一只蓝色柠檬，等着被榨出汁来。闵之事实上已经退缩了，但他提醒自己，这个时候退缩等于粗鲁、懦弱和没有教养，何况闭上眼睛，这一切都太容易进行，那颗心啪嗒打开，有些软乎乎的东西跳了出来。

闵之留下了一切联系方式，电话、邮件、MSN，看起来不过是礼貌，但他真的以为林微微会和自己联系。他知道自己条件还算过得去：读学费昂贵的JD，一眼可以望到毕业后十六万美元起的年薪，一个人住在曼哈顿，有部几乎一直停在车库里的宝马。他考虑过等林微微给他写信，他就邀请她一起去加勒比海，十天九夜，飞去芝加哥上船，两个人也就不到三千美元，他来出这笔钱，船上一切免费，林微微可以穿漂亮长裙跟他去吃三个小时的晚餐。他们可以抹掉那个晚上，重新开始，像所有他喜欢她、而她也喜欢他的故事那样。

但等到他晒得黑漆漆，不辨人形回到纽约时，还是没有收到林微微的信，邮箱里有几张照片，是他在波多黎各认识的小姑娘，在波士顿大学读一年级。他们在酒吧里遇到，大家都是中国人，就聊了几句，她是飞过去的，住在海边一个酒店里，据她说宾馆整个漆成明黄色，打开房间就是沙滩。但他必须得上船过夜，这样不凑巧，也正好不用发生什么，闵之没有后顾之忧地和她吃了一顿晚饭，生蚝、龙虾、牛油果沙拉，恰到好处的调情，留下联系方式，他熟悉的整套程序。林微微却不在这一套流水线里，林微微开发了属于她自己的流程，一个孤零零的夜晚。

照片里的姑娘穿黄色比基尼，坐在海边躺椅上，戴Dior太阳镜，留学生度假标准照。他定睛看了一分钟，觉得她哪里都比林微微差了一点。也许是腰稍微粗一点，闵之想，或者是胸虽然大却不够挺，又或者皮肤不够白，他还是喜欢白皮肤，玉一般冰凉手感。必须找一个原因，只需要一个原因。

在进入林微微的时候，闵之并不觉激动，因为纠结到底要不要立刻戴上安全套，他其实有点走神，整个过程不过如此，精确，到位，无聊。但那个瞬间在被反复回忆和咀嚼之后，突然爆发出他没有想到的渴望。有一个晚上他梦到林微微，一个含混轮廓，但他辨认出那是林微微，长发拂人，腰肢柔软。第二天起床，他换掉了床单。

床单在地下室里等待烘干，闵之先上楼给林微微写信，拉拉杂杂写了六七百字，伪装成这只是表达礼貌，刻意写出一种冷冰冰的热情。他再一次以为林微微会来找他，像他设想的那样要求看看他在曼哈顿的公寓，两个人在家吃一顿饭，然后顺理成章留下来。

闵之甚至特意去买了套新的床品四件套，美国纺织品价格昂贵，加上税要三百美元，深紫色丝质，闵之一个人睡了两次就收起来了，还是换成纯棉，太像皮肤的触觉让他整夜睡不着觉，焦躁不安地思念真实的肉体。

等她来的那天再换上吧，闵之想。

但林微微没有回信，她也没有加他的 MSN。那点欲望见风膨胀，一直膨胀到飓风那天，家里停电三个小时后闵之就给林微微打了电话。林微微的声音很轻，带着一点点四川口音，L 和 N 分不清楚，舌头卷得厉害，刚好是他记得床上努力遏制自己呻吟的那种，当然床上不用区分 L 和 N。

他看了看油箱，估计从下城开到皇后区没有问题，在 33 街穿过林肯隧道的时候眼前骤然一黑，整个世界的光只剩下前面那辆福特打着红色双闪。隧道长到似乎怎么开都开不过去，但其实半个小时后就到了林微微租的房子。一栋看起来接近一百年的三层独栋，屋檐下明明可以摆一张舒服的沙发，却只有两把扫把，靠路的花园满是杂草，开着唯——朵粉色月季。林微微站在门口等他倒进车位，从后视镜里闵之看见她穿一条宽脚裤，松松垮垮的白毛衣，头发不知道是刚烫过还是没有吹直，大卷大卷地垂在胸口上，刚好有点阳光，嘴上唇彩因为反光看不出来本来颜色，他猜是玫红，因为上一次林微微的嘴唇就是玫红色，他又想起来，他们并没有认真接吻，他不应该记得她的嘴唇。

林微微看上去处处都是对的，闵之却觉得有些事情已经错了，他疑心在穿过林肯隧道时，自己酝酿已久的热情和勇气都被黑暗默默吸收，而疑惑和考量渐渐上涌，他对接下来的时间感到胆怯。

1 自 贡　●●●《

自贡真他妈脏。

闵之走出林微微的小区时踩上了一个水囱囱，最近的餐馆明明在一百米以外，里面还是不合逻辑地漂着菜叶，看起来刚从吃剩的火锅底料里捞起来，借着路灯微光，他仔细辨认出了豌豆颠和黄豆芽。闵之隐约感到有根豆芽钻进裤脚，停留在袜子和棉毛裤的交接处，他在屋檐下稍微干净的地面上蹭了蹭鞋底，赶紧上了车。

闵之跟父母住在汇东新区的一座电梯公寓里，晚上开车回去也就十五分钟。他对林微微家附近的环境不陌生，边上有个小区叫"塞纳河畔"，他来看过两次房子，犹豫着是不是要买套九十几个平方的小户型。他喜欢小区里新移植过来的几棵黄桷树，又担心这些树养不活，瞻前顾后就一直没有下定金。他自己没有钱，但父母有一点，能够给他二十五万付了大部分房款，这样加上装修他也只需要贷二三十万，月供不会超过一千五百块。父母的意思是，这个大小的房子，两个人住总是过得去了,有了孩子再换一套,也添不了多少钱。闵之知道他们还能拿出点钱来,会有点心痛,但是还能拿出来,不至于痛到让人失去安全感。

在自贡这点的确好,一切顺理成章,不需要过多挣扎,闵之再也不想为任何事情挣扎,他为这个才从重庆回到自贡。

只是一到下雨,这个城市就原形毕露。回来那天也是下这种没完没了的小雨,从资阳一直下到自贡,中途大巴停车,他跟着大家去厕所,出来后同车的人买了一大袋卤鸭爪鸭翅,站在路边就啃起来,当时的雨还不显得那样脏,休息区里车不多,司机们一人捧着一碗泡面蹲在路边,闵之抽了支烟才上车,沿途都还闻到卤味的香气,好像大料让人沉醉地放多了。大巴在自贡长途汽车站刚停下,十几个拉活的司机一拥而上,问每个人"荣县富顺走不走",闵之拖着箱子在泥里走了五分钟到路边打车,过去七八辆听说他就去汇东,打表不会超过十块钱,都不肯搭,加速开了过去,溅起一身又一身的泥,闵之最后索性走回家。

半个小时的路不算长,却足够让箱子和裤子脏得一塌糊涂,沿途看到一些鬼知道什么牌子的专卖店,每隔五十米稳定地出现一个茶坊,现在自贡也有不少咖啡馆了,里面卖铁定是假货的蓝山,一杯只要三十五,配着肥肠面酸辣粉,一到饭点烟雾弥漫,泡海椒味横扫一切咖啡,让人怀疑厨房里还有两个泡菜坛子。路边又新种了一些树,这么小的雨,叶子也掉光了,这条路反反复复种树,因为树在反反复复死掉。在重庆读书加工作十年,闵之一年总回来好多次,这次回来引不起任何似乎该有的情绪，他木木地走回家，带着一鞋底黄泥，只觉得这雨这么下下去不是办法，自贡这么脏下去不是办法。

重庆也脏。闵之一直住在沙坪坝，嘉陵江上常年泛着泡沫，靠近岸边的水面上密密麻麻浮动着矿泉水瓶和泡面碗，就像另外一个怪异品种的水浮莲。滨江路上的草坪适合夜间打炮，大概还有人抵着栏杆就做了。女孩子们夏天穿长裙，平底凉拖也很容易把内裤褪下来，总是有用过的避孕套扔进江里，偶尔看到杜蕾斯的标志闵之就会上点心，努力想看清是螺纹装还是超薄装。

那天去仙市古镇，是因为他突然想念磁器口，在重庆和认识不久的女孩子约会有一套固定程序：去解放碑逛街，坐缆车，吃老油毛肚火锅。然后总要去一次磁器口，一人买一个面人，闵之觉得男人手持一个五彩斑斓的孙悟空有点瓜，却也找不到借口不配合边上姑娘的猪八戒，姑娘们总是要买猪八戒。磁器口的川戏表演来来回回都是变脸，闵之倒看不厌，小时候他住在自贡川剧团旁边，隔三差五去看他们排练，却一直没有弄清楚到底是怎么把一张白脸又变回脸谱。午饭总是一盆毛血旺，两个人坐在一张油腻小桌上吃下水和猪血，吃完大家都油乎乎一张嘴，彼此间的距离这才算真的近了，可以彼此打量，是不是要走往下一步。

闵之远远看见林微微正在拍照，靠着仙市主街上弹棉花那家店铺的栅栏，几朵白棉絮沾在她黑漆漆的长发上，他总想上前替她摘去。第一次见到林微微是一起去荣县"六五"

普法，窗外有雨，车内光线昏暗，闵之看不清她的五官，只觉得她白，有一种莹莹质感。午饭一起吃豆花饭，闵之又注意到林微微添了三碗饭，每一碗都扎扎实实地压紧了，他一直喜欢吃得多的姑娘，就又多看了两眼，这才注意到她的胸。

在仙市，闵之又看到林微微的腿，以及她宝蓝色的指甲闪动银粉，却还是勇于剥蜜橘给大家吃，午饭吃白鲢又是三碗米饭，饭吃完了她还没有停，那盘凉拌脑壳肉最后几点肥肉都被她拣出来吃了，只剩下几小截浸在红油里的大葱。每天看她微博看了几个月，用发表情符号和点赞维持存在感，他拿不准自己在蓄积勇气还是释放渴望。到了今天晚上，闵之分明知道自己想往前走两步，却不知怎么回事，牢牢控制住自己原地不动，问"你元旦打算怎么过？"后并无后续，像一个泄了气的红色气球。她是"从北京回自贡的女律师"，现在是公务员，而他是"从重庆回自贡的男律师"，没有稳定案源，收入很低，买房子要家里给全部的钱，走出小区门就有一根火锅里捞出来的黄豆芽钻进裤脚，这些事并没有什么了不起，但足够让一个红色气球渐渐瘪下去，他停止抵抗，不再挣扎。

自贡真他妈脏，闵之在车上点了一支蓝色娇子，又把烟掐了。他知道不能把所有理由推到这座城市身上，他想偷懒，将这一切归于命运，但他也知道，命运有一半由自己亲手写成，起码一半。

2 纽 约))●●

　　闵之把车停回车库，没有立刻下车。车库开到地下很深，经过一条弯曲旋转的黑色长路。他总觉得这里像漫过水，一股万物浸在水中的霉味，但现在是这点霉味让他稍微清醒。早上没喝咖啡，把车开回来这半个小时他差点睡着。昨晚他一直没有睡，其实这几天他都没有怎么睡。林微微的房子太破，装修老旧，沙发上铺着一层可笑的红布，几个绣花抱枕好像身在九十年代中国，每隔三个小时，暖气片就会咚咚咚咚响半个小时，那是地下室里的锅炉，正在声势浩大地启动。

　　那套房子实在宽敞，从最南边的客厅走到后院要穿过一条长长走廊，中间有个几乎闲置的饭厅，顶上挂一盏跟整套房子完全不协调的水晶灯，累累坠坠垂到头顶。后院满地落叶，大概有两个月没有扫过，几根坏掉的扫把被飓风吹得支离破碎，但他还是喜欢这个院子，曼哈顿公寓楼的后巷只有垃圾桶，这里则有邻居的西瓜，隔着栅栏垂过来，偶尔有只胖墩墩的小花猫来来去去。林微微把两根香肠切成片，漫不经心地甩在落叶上，说："那算是我养的猫，只是两三天才会回来一次，饿不着，就是不肯进屋。"

这个车位一个月要五百块，在曼哈顿也算不上贵，从车库走回家只有一个街口，每次停完车他就在星巴克买杯冷萃，加税大概三美元。纽约什么都便宜，夏天中国城里的龙虾只要七块九毛九一磅，冬天涨到十八块九毛九。每次去香港他总要在深圳待两天，盐田海鲜街上有一块钱一个的扇贝、八块钱一斤的虾，但是差不多大小的龙虾切成刺身，一条怎么也要五百块。他注意到林微微在冰箱里放着两大盒速溶雀巢，每天早上她给自己冲一杯，速溶咖啡已经算甜了，她还要再加一勺白砂糖，从巨大一包糖里舀出来，林微微家没有一小包一小包的黄砂糖。闵之疑心她为了省钱，没有在纽约喝过星巴克，他甚至疑心她从来没有在外面吃过饭，厨房里连蚝油都有两种，灶台虽然擦得干干净净，也怎么都擦不掉那明确的油烟味，只有天天做饭的厨房，才会有这种味道。

有一个晚上闵之盯着沙发上的红布看了很久，那块布须了边，看起来随时分崩离析。他终于还是开口问道："微微，你为什么要在皇后区租这么大的房子？这笔钱可以租到一个装修不错的 studio，要是你愿意跟人合租的话，就能住到上西区，那样离你学校也近，而且上城环境也好得多，周围没有这么多中国人和墨西哥人。"

林微微正在扫地，用一把支愣愣的扫把，她没有停止，支愣愣说："我不想跟人合租，而且我想住大一点，上城区没有中国超市，我要自己做饭。跟谁一起住都一样，你跟你邻居很熟吗？"

闵之说："那你还不如住到法拉盛去，就算不做饭，一饭盒米粉也只要一块两毛五。"

林微微一秒钟都没有迟疑："我自己在家炒米粉不需要一块两毛五，肉和菜都还更多，一包三块多的韩国干面我能吃一个星期。"

闵之停了口，意识到自己有点得罪到她，他没有想到，她是这么容易被得罪。又疑心她想住大一点是因为经常带人回家，再想了想又把自己推翻了，带人回家不需要大一点的房子，何况谁愿意约会后来皇后区，坐四十分钟地铁，出来走一段黑洞洞的上坡路，坐在一间有明确油烟味的房间里，调情做爱。

闵之知道林微微有点看上自己，来之前他还略有不安，毕竟林微微没有回他的邮件，也没有主动找他，当然，这多少更调动了他的兴趣。但刚进门闻到那股香水味他就清楚了，后来他在洗手间里发现一瓶粉红色GUCCI，用了一大半，瓶子已经很旧了，喷嘴那里被磕破一块，看起来每次用都得很小心，他又疑心这是之前的房客留下来的。他喜欢这个香味，前味里明显有茉莉，后来渐渐有水果香，林微微其实不是这么甜的味道，但是她愿意为自己喷成这么甜，闵之觉得自己接收到了足够的信号。

在必须见到林微微的冲动散去之后，闵之感到自己的犹豫在渐渐上涌。真的要和这个人往前走吗？毕竟他的兴趣并不是再来一次一夜情。他完全不了解她。林微微会带来很多麻烦吗？会着急结婚吗？会很难甩掉吗？如果被甩掉会不管不顾地在文学城上发控诉帖吗？这件事没法深入往下想，否则会觉得自己可笑，好像自己的条件真有好到可以这样傲慢轻佻。

　　但事实就是这样。来纽约三年，闵之还没有在中国姑娘这里遇到过什么障碍，在别人慢慢知道他是纽约大学的 JD、住在哪里，以及看了他的车之后。虽然来这里读书，尤其是读法律的人都不大可能申请到奖学金，人人都算有点钱，闵之并没有戴特别贵的表，或者住在哈德逊河边的高层公寓里，但他还是没有遇到过障碍。闵之觉得无聊，他慢慢更想交外国女朋友，她们的脑容量似乎没有支撑她们在前面几次见面就进行复杂的身世运算，在蒂凡尼二楼买根四百美元的项链送出去，她们打开蓝色盒子一定惊呼。林微微呢？林微微会喜欢蒂凡尼二楼的项链吗？还是只用送一根施华洛世奇？上次做爱的时候，他注意到林微微戴了一根细细链子，坠子是一只小舞鞋，他们靠得太近，在闵之脖子上留下了一个鞋印，林微微跟他道歉，解释说：“戴了好多年，我取不下来了。”

　　趁着林微微还是裸体，闵之拨弄了一下项链，不远处是她的乳房，刚才不好意思细看，现在闵之才看清楚，雪白一片，让人紧张。他装作没有留意这些，问她：“铂金的吗？”

　　“不是，链子是 K 金的，坠子是银的，很多年前有个男朋友送我的礼物，我戴习惯了。”

　　那就不会超过两千块，即使它是周大福。闵之很快得出结论，又为自己只能想到这个结论沮丧。

　　闵之什么都知道。他知道开始几个晚上林微微没有关门，最后一个晚上却把门反锁了。他知道自己把她得罪了，就算林微微是一个不容易得罪的人，自己袒露的犹豫和算计也足以把她得罪了，足以换来一扇愤怒反锁的门。

　　他本来以为这些结果不过预料之中，但留在车里闻了一会儿霉味，眼睁睁看着黑人保安站在角落里撒了一泡很长的尿，臊气弥漫开，在这混杂不清的臭味中，闵之清醒又糊涂，他不知道自己是不是在后悔。

2　自贡 ●●《

　　一月二号下午，这场雨终于停了，阳光惨白，照在依旧
污脏的街道上。闵之走出小区大门，看到平时给他擦皮鞋的
中年女人，抄着手在五金店门口聊天，穿一件暗红色呢子大衣，
出于职业习惯，低头打量每个人的鞋。

　　闵之今天穿登山鞋，吃过午饭他被催着洗澡、刮胡子、
打扮体面，妈妈一定要他穿昨天在摩尔玛里买的一套深灰色
报喜鸟，闵之不愿意去这个商场，他懒得跟家里解释沃尔玛
和摩尔玛的联系。那套报喜鸟花了六千多，100% 毛料，穿脱
都不会产生静电，店里送一根三百九十九的领带，他选了一
根藏蓝条纹。这一套加起来，闵之就过于像一个律师了，而
在自贡，过于像一个律师也是可笑的，所以今天他坚持不肯
穿着出门，换了刚收回来的牛仔裤和藏蓝色大衣，牛仔裤没
有完全干，裤裆潮润，让他对接下来的事情更觉恐惧。

　　去摩尔玛是因为今天要相亲，闵之为此剪了个头，吹成
偏分，涂点啫喱水，一股阿摩尼亚的味道劈头盖脸压过来。

闵之倒没有反对相亲，他三十一岁，上一个女朋友已经是一年半前，从来没有过一夜情，更不用说嫖妓，在肉体领域他也感到焦急。在重庆做律师助理那几年，他也去过夜总会，在一种"必须如此"的氛围之下，摸过两把小姐的大腿和胸，不过是软和滑。他没有亲过脸，粉太厚了，他不知道从哪里下口，何况凑近了看，她们皮肤都不好，粉遮不住黑眼圈和痘印。的确只是摸了两把，他是个小人物，没人愿意替他买单包夜，他拿不准自己是不是觉得幸亏。

闵之控制不了自己留意林微微，他把原因归结为太久没有性生活。那天开车送她回家，还没有开到贡井他已经硬了，也许是因为林微微的香水，也许是因为林微微灰色丝袜下小腿的线条，他在拐弯的时候不由自主想了一下小腿这件事，然后就硬了。他打开窗透气，雨点冰凉，但还是一路硬到把林微微送到家门口，问她："你元旦打算怎么过？"他并不想在林微微这里试一试，这件事在多次评估后，他已经有了个决心，他只是慌不择路，越是慌却越软不下去，还好楼道里的灯泡估计只有二十瓦，深深浅浅的阴影印在林微微脸上，两个人的下半身都隐藏在黑暗之中。林微微并没有发现，林微微可能什么都没有发现，他为她申请的微博账号，他发出的表情符号，他点的赞，他在点了无数赞之后放弃的可能，一场徒劳而壮阔的心理战争，像一条河，无法汇入大海，最终决定干涸。

那天晚上他手淫了一次，想着林微微的脸、胸，以及脚踝。结束之后他起身抽纸，然后又想了一遍，这一次他想到林微微并不是怎样美，鼻梁不够高，眼睛大是大，但有明显黑眼圈，眼睑下面冒了好几颗白色脂肪粒。想到这些后，闵之感觉好多了，从枕头边上摸出手机，又看了一眼两天后要见的尹小玲，照片是拿着手机往上仰着自拍的，看得出来用美图秀秀修过，但修得不过分，应该只是用了滤镜，让皮肤显得没有瑕疵。

尹小玲的头发烫成舒淇一般的大波浪，非常精确地把脸遮成一个瓜子形，四川姑娘没有什么真正的瓜子脸，都是大小不一的椭圆。照片只到肩膀，看不出尹小玲的身材，但两根锁骨清清楚楚，脖子上有一根珍珠项链，绕了好几圈，闵之特意观察了项链往上浮动的程度，以揣测尹小玲有个怎样的胸部。至少是 B，很有可能是 C。这让闵之对尹小玲感到满意，不比林微微差，而这个参照系现在对他来说很重要。

闵之两个月前相过一次亲，对方是荣县检察院的检察官，闵之恍惚记得她叫刘美华，或者是刘宁华？荣县本地人，读专升本后进了县检察院。闵之没有去荣县开过庭，不知道她穿上制服是不是有股凶相。对律师来说，检察官总是有股凶相。

刘美华，就让她叫这个吧，老家在观山镇方冲村，那是经过认证的贫困村。父母跟着她住在县城里，他们在荣县房价还只有六百多的时候，买了套一百三十平方的三室两厅，一楼带花园。之前介绍人特意强调过，父母虽然还是农村户口，但是都加入了新农合和大病医保。报销额度虽然还没有城里高，但是今年也把二十多种癌症都加进去了，能报 90%。这让人放心，却又让闵之忍不住想到他们得了胃癌肝癌，而自己作为女婿要在医院里倒屎尿盆的情景，臭味凭空钻了出来，他看到自己的恐惧。

刘美华长得不错，大概有一六八公分，只是皮肤偏黑，这让她更显得是个农村人，好像每年还要赶在收成季节，回去打谷子一般，口音也没有改掉多少，"盐"还是发成"淫"。这是自贡市区的人嘲笑荣县人的经典笑话，你们家干什么的？卖淫的吧。他们约在一个茶坊见面，初冬，刘美华打扮隆重，画浓妆，却怯生生一直剥瓜子，闵之看到她没有留长指甲，光秃秃的手上戴了一个银戒指，衬得手指关节更显粗大。

他后来没有再找过刘美华，两个人加了 QQ 号，却从来没有说过话。刘美华的头像是一个妩媚的红头发女人，她本人倒是也算得上妩媚，只要不开口说话，暴露那么明显的荣县口音。闵之一直跟自己说，是因为他只喜欢肤色白的女人，但他自己心里非常清楚，他压根没有想过要找个农村人。他孤独，饥渴，在略有好感的女人面前差点出丑，决定接受命运后开始相亲，但他还是不会找个农村人，命运中既有混沌的放弃，也有精明的算计。

3　纽　约　〗〗●●

　　圣诞前后一直小雨，让人犹豫不决到底是不是带伞。闵
之有点心痛自己新买的羊绒大衣，深灰色打湿后接近于一种
他不喜欢的浅黑，还好这是纽约，如果在北京，雨中裹土，
干了之后也留下淡淡阴影。

　　他在北京买过一件忘记牌子的羊绒大衣，打八折后还要
七千多，在新光天地，和当时的女朋友彭羚一起，她买了一
件两万多的红色长大衣，没有刷他的卡，她拿出卡的时候闵
之留意到那是一张副卡，可能是她爸的吧，闵之想。

　　他们在一次朋友聚会上认识，又在另一次聚会后接了吻，
在她快要下车的时候，他按住她开门的手，然后侧身吻下去，
半夜十一点的建外 SOHO，刚下班的白领走到国贸桥下，等
待拼出租车回通州，他和彭羚在一辆宝马 730 中伸出了舌头。
他们在一起半年多，闵之只知道她在时尚圈，做他搞不清楚
的工作，父母住朝阳公园边上的高层公寓，彭羚在国贸的小
房子是她自己的，闵之住在双井附近，他们没有总在一起过夜。

买完衣服，他们一起去吃鼎泰丰的蟹黄小笼汤包，路上彭羚撒娇，让他在商场通道上的铺位买了一对黄色水晶耳环，最简单的水滴型，三百多。闵之知道她是故意显得朴实，但他觉得这种故意很好，他替彭羚把耳环戴上，耳环很美，但说到底这不过是一对三百多的假水晶耳环，施华洛世奇的假水晶还要贵点，彭羚却没有选施华洛世奇。

　　彭羚是北京本地人，穿上十厘米高跟鞋比闵之还要高小半个头，除了皮肤稍微粗糙，有时候化妆太浓，闵之对她感到满意。但是在戴上那对假水晶后没多久，他们还是分了，吵了一场大家都忘记理由的架，冷战的半个月中谁也没有给谁打过电话，后来就分了。彭羚在原因不明的盛怒之下，把一整杯咖啡泼在闵之的羊绒大衣上，除此之外，他们算是分得和平。那件衣服后来干洗过两次，前襟上还是一大片咖啡的污渍，闵之就一直没有别的羊绒大衣，一直到这次来了纽约。

　　他们最后一次见面，是彭羚来家里拿东西，闵之看到她穿着那件红色大衣，耳朵上是一对钻石耳环。她留在闵之家的东西不少，但只拿走了两条晚装裙子，闵之从来没有见她穿过，也没有想过她有什么场合，需要穿胸开得那么低的拖地长裙，剩下的闵之零零散散地扔了，那些东西闵之都很陌生，闵之想，他甚至不怎么认识她。

　　国贸附近就那么点地方，他们却再也没有遇到过，后来听说彭羚也来了美国，估计也在纽约，人人都来了纽约。闵之想，她会去第五大道买一个卡地亚的豹子胸针，别在大衣领口上。彭羚没有什么不好，但跟她分手闵之也没有特别遗憾，会自己刷卡而且撒娇的姑娘是很多的，那些姑娘也许皮肤更好，骨架更小，闵之习惯了把一切想得非常具体，不管对着彭羚，还是林微微。闵之恋爱的时间没有一次超过一年，在习惯性仔细衡量之后，他发现每个人都有每个人的不合适。最终也许是他的问题，他不合适于爱情。

在林微微家的那几天，闵之想到过一次彭羚。林微微有个耳环架子，上面挂着大概二十几对耳环，各种大大小小的圆圈和流苏，闵之知道28街专门批发这些，有黑人站在门口招揽生意，最低消费三十美元，大概可以买十对这些从义乌小商品市场进货的破铜烂铁。林微微在家里也常戴一对巨大的银色圈圈耳环，做饭的时候她把头发挽到头顶，用一个黑色鲨鱼夹固定，耳环随着锅铲四下摇曳，闵之想去摸她的小小耳垂，又想象一下那对黄色水晶耳环挂在林微微耳垂上的样子。失败了，林微微适合这三块钱一对的破铜烂铁，水晶，即使是假水晶，也不应该挂在这个耳垂上。闵之想努力回忆起彭羚戴过的首饰，又失败了，她有太多首饰，导致闵之对任何一件都失去了记忆。

圣诞节晚上，闵之和几个同学先在韩国城吃了烤肉，然后去洛克菲勒中心，一种乏味而正确的组合。纽约的五花肉切得很厚，要烤漫长的十分钟，等待的时间只能一直吃过咸的辣白菜，淡而无味的海带结。他想念北京的汉拿山，五花肉片得极薄，两分钟就能翻面，再过两分钟就焦了，牛舌几乎只能数十下。要是想再吃好一点，可以去海棠花看朝鲜小姑娘画着浓妆跳舞，有一个弹键盘的皮肤雪白，还没有褪掉婴儿肥，一张纯正圆脸，闵之觉得她不会超过二十岁，在类似八十年代中国舞厅的灯光下，看得清细细绒毛。

他有过一个韩国女朋友，眉毛镊得又弯又细，上床也不卸妆，闵之不喜欢她的尖下巴，他想要一张嘟嘟圆脸。等待五花肉烤熟的十分钟里，他无端端想到这些，彭羚是鹅蛋脸，林微微更圆一些，在这个时候更圆就是更好。他觉得闷，没有人说话，大家都在喝啤酒刷手机，肉终于熟了，服务员给每个人的辣酱碟里分上几块。肉质老硬，也没有什么汁，但这还是纽约的米其林一星，门口排长队，几个男女胖子堵住楼道口，用西班牙语大声聊天，边上是几个中国人拿出一副扑克在艰难地斗地主。又一种乏味的组合。

　　走到洛克菲勒，雨变成冰雹，闵之的羊绒大衣上粘满密密麻麻的小冰粒，过半个小时才渐渐融化。整件大衣变了颜色，他开始习惯这种浅黑，就像特意染出那些深浅不一的阴影。溜冰场里还是有人在勇敢地转圈，他们几个人远远地跟那棵据说是纽约最高的圣诞树合影，自拍加上闪光灯让每个人的脸色都显青白，但用滤镜调过之后也就暖了，是朋友圈和微博里拿得出手的圣诞照片。

　　林微微的圣诞会怎么过？可能在家里炒了个麻婆豆腐，然后打开那台只能看免费频道的破电视，她不会来洛克菲勒，她跟第五大道没有关系。闵之试图轻蔑地笑一笑，失败了，他喜欢麻婆豆腐，必须用牛肉末，快起锅的时候放一把辣椒面一把花椒面，最后再放青蒜。他想到林微微铲起麻婆豆腐的背影，想到她耳朵上的廉价圈圈耳环，觉得圣诞树俗气透了，一切都俗气透了，林微微也许是另一种俗气，但他已经选择了眼前这种。然后他看到彭羚，远远地和圣诞树合影，穿一件驼色大衣，她为什么总是穿着大衣？亮皮高筒靴上满

是泥点，纽约并没有那么脏，她去哪里弄到这些泥点？彭羚
也看到他，有点焦急地拨开人群走过来。闵之想，不可能的，
怎么可能？八百万人，不可能遇到，完全不可能。但为什么
不可能？只要她想来看看这棵圣诞树，只要她愿意待在外面
的世界。他永远不可能遇到枯坐在家的人，除非他找上门去。
他不会找上门去。他做出了选择，他只能死死握住这个选择，
像握住一块自己亲手烧烫的火红烙铁。

3　自贡

　　尹小玲的确有 C。她穿着姜黄色呢子大衣，坐下来很久也没有脱掉，小发廊里烫出来的舒淇式卷发散在大翻领上。自贡到处都是小发廊，定价单上印着陶瓷烫三百八，但总是能讲到一百八，都说是欧莱雅的药水，那几个法文却拼错了。闵之想到林微微的黑色长发，发梢干枯，直直下来，只额头两边上有圈圈碎发，也许是特意烫了刘海，也许只是因为喜欢把头发别在耳后，天长日久也就卷了，林微微大概不喜欢拼错了的欧莱雅。

　　和自拍照比起来，闵之更喜欢面前的尹小玲，没有化妆，涂淡粉色唇彩，皮肤是一种正常的白，圆鼓鼓小脸，下巴倒是尖的，除此之外，闵之寻找不到其他词语可以加在她身上。他焦虑地想看看尹小玲隐藏在头发下面的锁骨。锁骨，胸，屁股，脚踝，这是闵之看重的部分，所以他讨厌冬天。茶坊里没有禁烟，雾气迷散，眼前有清晰幻象，新年晚会上林微微穿的黑色亮片小礼服又跳了出来，脚踝纤细，穿高跟鞋让人提心吊胆，长袜是一种隐约闪光的深灰色。

尹小玲锁骨状况不明，他们只能又回到"听说你们单位的福利好得很"和"你今天晚上想吃点什么"。有过前面一次和刘美华的相亲经验，闵之这次专门百度了"相亲时说什么"，然后下载了一个百度文库文件。即使如此，问完后面一个问题闵之还是慌张起来，现在是下午三点，就算五点半就吃饭，就算五点就买单，然后走去同兴路那家光头香辣蟹，也还有两个小时需要填满，但那个 Word 文档上的问题已经问出去一大半，连几个备用问题都已经提前用了，比如"有没有人说过你长得很像一个香港明星，是谁我想不起来了，就是觉得面熟"，闵之没有觉得尹小玲像任何一个香港明星，但这种话总是永远不错，他计划好被逼问得太紧，就说像《刑事侦缉档案》里的佘诗曼，也是个五官模糊的小圆脸。

他开始想念指关节粗大的刘美华，他们只在茶坊里坐了一个半小时就散了。刘美华点了两盘瓜子，一杯西瓜汁，他喝了一杯青山绿水，一共三十五，他买了单。走出茶坊时才下午四点，闵之开车把她送到马吃水转盘那里等回荣县的车，五分钟后大巴就到了，上车前刘美华还向他挥挥手，那双手在灰色空气里更显粗糙，闵之想都没有想过其实可以开车把她送回荣县去，不知道她有没有想过。他把车启动往家里走，那段路不长不短，有两个字一直努力着想浮出来冒口气：农民。他奋力用教养和礼貌把它们压了下去。

尹小玲不是农民。尹小玲二十七岁，已经是四川理工学院人事处的副处长，介绍人语焉不详地说她每个月能拿四千多，年终奖不详，各种购物卡不详，尹小玲的父母都在市政府上班，两个人的名字都能上《自贡日报》第二版，各种收入统统不详。尹小玲和父母在同一个电梯公寓小区里买了楼上楼下的房子，加起来有两百五十个平方。这些统统决定了闵之不能只和她在茶坊里待一个半小时，既然尹小玲想吃香辣蟹，他就必须去请她吃香辣蟹。他忽然觉得厌烦，刘美华有什么不好，刘美华不会主动提出要吃香辣蟹，刘美华看起来可以就去吃碗豆花饭，刘美华只是皮肤有点黑、手有点大，刘美华现在是公务员，不是农村户口。

　　就在闵之的愤怒和厌烦渐渐不可遏制时，茶坊里开了空调，温度慢慢上来，尹小玲就把大衣脱了，里面是一件白色V领毛衣，上面零零散散缀着人造珍珠，看起来已经掉了不少。尹小玲并没有特意为这次相亲穿新衣服，这让闵之感觉挫败，但这些终究都不重要，重要的是这件毛衣被尹小玲的胸撑得很紧，的确是 C，即使是穿厚垫内衣，这也起码是 C。

　　闵之振作起来，把百度文库里的剩余问题一一问完，连尹小玲每天中午吃哪家盒饭也弄清楚了之后，他发现已经四点半了，剩下的时间刚好够两个人分别上一次洗手间，把最后的小半盘瓜子细细嗑完，以及再装模作样地讨论一下去哪家吃香辣蟹。自贡吃香辣蟹的地方几乎就那么一家，螃蟹瘦津津没有肉，不过是放在嘴里嚼一嚼又吐出来，每斤居然卖六十八，最后都是靠藕片海带勉强吃饱。闵之不喜欢香辣蟹，所有麻烦的事情他都不喜欢，从香辣蟹到林微微，但是对着一个 C 的时候，时间好像并没有走得那样慢，六十八一斤而且都是骨头的香辣蟹，也并没有太难以忍受。

尹小玲上洗手间那五分钟，闵之想到前一个女朋友黄颖盈，他去买车时她是售车小姐，化浓妆，但闵之辨析出浓妆之下她是个美女，而且不会超过二十五岁。他买了一部不到十四万的宝来，和黄颖盈互相留下电话，两个人在短信里彼此调戏了几天，黄颖盈开玩笑似的要求带着她去兜风。他当然去了，绕着刚刚开通的绕城高速走了一圈，一百八十七公里，他故意开得慢，快三个小时才又绕回了沙坪坝，黄颖盈卸了妆，果然是大眼睛粗眉毛，睫毛很长，穿短短咖啡色皮裙，过膝长靴和裙子之间没有丝袜。又过了一个月，闵之才摸上那对大腿，皮肤光滑，只是被他压在下面的时候，腿上爆出了一个个鸡皮疙瘩，那一次结束之后才慢慢消下去。后来他们又有了很多次，肉体熟悉肉体之后，她的大腿渐渐接受了他。

黄颖盈很快知道，他不过跟人合租一套烂朽朽的两室一厅，那辆车是家里送给他虚岁三十的礼物。她倒是不在乎，隔三差五带着换洗内裤来过夜，叫床也没有怎么掩饰，闵之的室友就把魔兽争霸背景声开到最大，早上特意早起半个小时先用完卫生间，在这样粗糙劣质的生活里，人人反而都得当个好人。有几次黄颖盈半夜只穿着内衣去洗手间，撞到在客厅里吃泡面的室友，大家都镇定自若地打招呼，黄颖盈没有特意下一次出去要穿上裤子，闵之也不好意思表示反对，他觉得他们完全不熟。

闵之确定自己没有爱上过黄颖盈，他们一直各说各的家乡话，在自贡话的语境中，他没有办法说出"爱"字，他只会说"喜欢"。他喜欢黄颖盈吗？喜欢。他喜欢有个女朋友。在重庆他是灰头土脸的律师助理，从来没有独立接过案子，几次陪法官吃饭紧张得胃抽筋，不知道包里的信封什么时候递过去合适。但他有一个漂亮女朋友，重庆本地姑娘，腿长胸大，愿意睡在他那张不知道多少人睡过的双人床上，床头估计因为被很多人做爱时激烈地撞过，有一个圆形凹坑，黄颖盈经常也撞上那个凹坑，她咕咕笑着说，欸，你轻点。

在那些完全不可安慰的时间里，这件事想起来多多少少让人安慰。后来黄颖盈和他分手，用了"性格不合"这样含混的理由，闵之没有反对，他再没有给她打过电话，他们当然也没有再遇到过。在任何一个城市，删掉对方的电话基本上等于失散了。黄颖盈留了一些东西在他家，他最后一次看见那条黑色蕾丝带珠链的内裤时，摸着手淫了一回，这件事也就这么过去了。

买完单，尹小玲笑眯眯说谢谢，闵之想到过会儿还得买香辣蟹的单，他感到一阵连 C 罩杯都消解不了的厌烦，却拿不准自己是不是希望这件事赶紧过去，总不能每件事都过去，自己却站在原地。闵之看着尹小玲的背影，裹起呢子大衣也能隐约看出腰身，她是一个很容易让人用自贡话说出"喜欢"的姑娘，闵之想，林微微就算了，这一个，那我就试一试。

闵
之
和
闵
之

4　纽约　🌙 🌑 ● ●

　　闵之再一次和彭羚上床，是在刚租下的公寓里。80 街莱克星敦大道，一室一厅三千八，那栋楼接近百年，但房间刚翻修过，走到大都会大概需要十五分钟，从朝西的窗户望去，远远能看见中央公园里的一棵椴树。房东是个啰啰嗦嗦的犹太人，但闵之一次性付了一年的房租后他也就变爽快了，主动换了新马桶，增加了一个微波炉。闵之开完支票，一个人在房间里坐了一会儿，地板崭新，落地窗敞亮，他不能克制地想到林微微的房子，想到地板边缘不可能擦掉的黑色污渍，院子的铁篱笆上爬满野生藤蔓，去的那天有朵黄花，等到他走的时候，上面结出一个小小的瓜。

　　在林微微家里住的那几天，她告诉过他，要是再找不到工作，她的钱和签证都只够支撑两个月，然后就只能回北京去。说这句话的时候林微微正在炒菜，他坐在一米以内的桌边耐心剥瓜子，林微微面无表情，把一份培根蘑菇铲起来，碎发被汗打湿了贴在额角上，这让她显得狼狈，橄榄油煎出来的蘑菇有股奇异香味，闵之吃了两碗饭。

这个话题没有继续下去。林微微不打算继续下去。回北京没有什么不好，她早计划好这一天，她可以住到通州去，家乐福对面的小区，在国贸找一份工作，每天早上坐八通线或者938上下班，938会把人拥成纸片，但两站就能到国贸桥。她每天下班，在家乐福买好菜再回家，实在累极了不想做饭，家乐福里有各种凉菜，凉拌藕片海带多加点辣椒油，再来一根鸭脖子，回来焖上饭半个小时就能吃，林微微属于生鲜区有浓浓鱼腥味的家乐福，就像在纽约她属于廉价的中国城超市。

闵之知道林微微给几家律所投了简历，其中一家L&K里有个他认识的合伙人，闵之在纽约大学曾邀请他来给中国学生做实务讲座。也是个犹太人，秃顶，带着那种叫做kipa的小圆帽，闵之试图弄明白他怎样把帽子固定在一个秃顶上，但最后这还是个谜，纽约属于这些秃顶的犹太人。从皇后区回家后的那个晚上，闵之写信去做了推荐，言辞得体恳切，林微微没有任何不被推荐的理由，她是哥伦比亚大学的LLM，有中国律师执照，刚考过了纽约州律师执照，曾经在中国做过好几年非诉业务，长得算美，她会是穿着高跟鞋和西服套裙笃笃走在楼道上的女律师，这和她在床上的样子、做饭的样子、坐在肮脏沙发上看电视的样子没有任何关系，她将自己暗处的窘迫和焦虑袒露给闵之，但在有光的地方，林微微无疑是一个体面甚至骄傲的姑娘，哪怕在纽约。

闵之把推荐信发出去的时候想，这件事大概是算过去了，和不管床上还是床下的林微微，那个碎发粘在额头上，有一股油烟气的林微微。

搬家那天彭羚来帮忙，其实并没有什么可帮，找了一辆车，从旧公寓里拉过来，沙发放客厅，电视靠着墙，饭桌和椅子是成套实木，上面放一个水晶玻璃花瓶，插彭羚带过来的绿色龙胆，卧室里有一张两米二的大床，把浅咖啡色床单被套铺上去，要等到晚饭的几个小时之后，彭羚才会滚上这张床单。

他们在家里吃晚饭，外卖订了泰国菜，红咖喱不够辣，里面的鸡肉不带皮也不带骨，炒面太甜而且没有足够的花生碎。吃完饭他们坐在沙发上看重播的老友记，开了一瓶冰酒，冰酒喝完之前两个人在沙发上都隔着十厘米的安全距离，在这过于冗长的前奏已经让闵之几乎失去兴趣的时候，他们还是上了床。

彭羚有备而来，穿一套桃红色维多利亚的秘密，下面是黑色丝袜加吊袜带。闵之明明为这些堆积起来的刻意感到厌烦，但维多利亚的秘密还是成功了，维多利亚的秘密总是成功的。他打开床头灯，想看得更清楚一点，桃红在昏黄的灯光下变成玫红，褪下丝袜的时候闵之没有想到别人。

最后时刻闵之说："怎么办，家里没有套。"

彭羚说："没关系，安全期。"

然后闵之就射了，一种乏味却明确的爆裂在身体里发生，灯越来越亮，灼得人睁不开眼，也不想睁开眼，这一切只适合在黑暗里发生。

闵之爬下来之后，彭羚伸伸懒腰："我们一起到的。"她的声音总是甜，有点太甜。

闵之说："真的吗，那真好。"他起身去冲了一个澡，特意洗了很久，回来彭羚已经睡着了。闵之想，这真好，一个穿着维多利亚的秘密，而且及时睡着的女人。林微微两样都不是，她穿很可能在法拉盛买的宝蓝色蕾丝内衣，二十美元两套，衬得她皮肤再白那也是二十美元两套，她一定喜欢做完之后絮絮叨叨聊天，枕着对方的手臂，把细细小腿横跨在男人肚皮上。

　　第二天起床，他们去了大都会，彭羚说那是马蒂斯特展的最后一天。他们看了蓝色的马蒂斯，又看了凡·高的鸢尾花，彭羚靠在他身边说："早知道我昨天给你买鸢尾花。"那好像是特别蓝的一天，在维多利亚的秘密外面，彭羚穿着一件藏蓝羊绒大衣，下面是蓝灰色小脚牛仔裤，头发挽起来，耳朵上闪着一对蓝宝石耳钉，嘴唇鲜红。早上出门之前，彭羚花了二十分钟化妆，一个合理的时间，不管怎么看，她都是一个合理的女朋友。闵之必须得合理地接受这件事，他现在又有了女朋友。

　　他搂住了彭羚的腰，说："龙胆挺好，还没见过谁画过龙胆。"他亲了亲彭羚的脸，有一点粉味，但是不明显，彭羚一定用最好的粉底液。林微微呢？林微微似乎不化妆，她家的洗手间里只有一瓶爽肤水，一瓶防晒，一瓶乳液，统统都是玉兰油，倒是有五六支唇膏，闵之忘记了林微微嘴唇的味道，也许是樱桃味，有一支唇膏上画着樱桃。林微微喜欢吃樱桃，一个小时能吃光两磅，嘴唇染成紫红色，吐出的核满满一大盆，让人产生某种密集恐惧。

　　闵之恐惧地发现，自己记得这些，关于林微微的每一个细节，密密麻麻樱桃核般排在眼前。

从大都会出来，彭羚带着闵之走了二十几个街口找到一家小馆子吃饭，她说："SERENDIPITY 看过没有，那部圣诞电影呢？Kate Beckinsale 美得不得了呢？就是在这里拍的。"可能每个人都知道这一点，坐在门口长椅上等位的四十五分钟里不停地有人对着店名拍照，彭羚也拿出手机和闵之自拍，两个人的头紧紧挨住，露出牙齿微笑，标准情侣照，闵之眼睁睁看着她加上怀旧滤镜后发到微博和朋友圈里，打开地图坐标，示意"我们在这里"。

最后终于吃上了，在二楼靠楼梯一个狭窄得几乎放不下胳膊的小桌上。他点了一份意大利面，彭羚只吃金枪鱼沙拉，她正在减肥，人人都在减肥，只有林微微喝速溶咖啡还要再加双倍的糖。最后是一杯巨大的 frozen hot chocolate，一人一根吸管，彭羚说电影里男女主角就是如此，他们吸了很久终于吸完了，巧克力太甜，纽约所有的甜品都太甜。留下小费，拿了找的零钱，彭羚又说："你知道吗？电影里找回的钱上有男主角的联系电话，后来她在飞机上看到了。"闵之终于想起来了，是有这么一部电影，关于一种来自强求的缘分天注定，自以为那就是命运，但强求也许就是一种命运。

走出去才发现又在下雪，地上积了薄薄一层，下雪让这个城市自带缠绵悱恻的背景音乐，还有人在门口等位，拿着手机一遍遍地刷新不知道什么页面。电影里也下了好几场雪，男女主角在中央公园里滑冰，女主角手臂上长着星座图案的雀斑，男主角后来有了女朋友，差点结婚，他心神不宁，想念多年前见过一面的人，他确认那才是爱情，原来所有的情节都已经反复上演，他握在手中的并不是什么独一无二的剧本。

　　彭羚果然说："我们去中央公园滑冰好不好？"

　　闵之去了，反正这是一个早就被人写好的故事，他没有打算挣扎着说出没有预演的台词。溜冰场里挤满了人，不知道为什么有一半的灯坏了，只有半个冰面有光，他牵着彭羚的手，往光明的地方滑去。

4　自贡 ●●◖◖

　　为了等尹小玲，闵之在肯德基里吃了两对奥尔良烤翅，一份鸡米花，大份薯条，五包番茄酱，中杯百事可乐连冰块都嚼完了。他疑心自己和尹小玲已经失散了，肯德基的门口起码有五十个人，每个人都穿鼓鼓囊囊的羽绒服，牛仔裤里一定塞着棉毛裤甚至羊毛裤，体积凭空增加三成，这件事不是没有可能，为什么二十米之内就不能失散？也许闵之没有认出体积增加了三成的尹小玲，当她的C罩杯隐藏在羽绒服下的时候。

　　距离春节还有半个月，已经到处都是十块钱一个的红灯笼，说是灯笼却没有灯泡，粗糙红纸糊在竹篾上，上面写歪歪扭扭黑字："恭贺新禧"，"恭喜发财"，"平安喜乐"。灯笼边上挂着五块钱一张的年画，奇形怪状的小蛇上贴满金粉，一不小心就会沾得满手都是，这种金粉不好洗，指甲缝里一直闪闪发光，直到元宵的最后一轮烟花。每年都有同一个胖娃娃抱着同一条鱼，闵之盯着看久了，觉得那个娃娃满脸鬼气。胖娃娃下面堆着大叠大叠本命年红色内裤，十块钱三条，红色染得很深，因为必然要褪色，又必须保证它在这一年始终大红。

尹小玲的阴历生日是大年初一，她之前在QQ上对闵之提醒过两次这件事，伴着几个撒娇图标。闵之拿不准她希望怎么样，一件衣服，一双鞋，或者一句代表两个人的关系将有阶段性进展的承诺？到底应该到哪个阶段？他们认识两个半月，现在又是在哪个阶段？

春节前闵之领到两千块的购物卡，本来是司法局内部公务员才有，但今年他跟着司法局的人做了不少下乡普法宣传，又接了两个法律援助的案子，所以他也拿到一份。去司法局领卡那天，他经过林微微的办公室，她坐在电脑面前打字，办公室里开着空调，她只穿一件薄薄咖啡色毛衣，衣服宽松，露出黑色背心肩带，一件黑色羽绒服搭在椅背上。林微微还是那个样子，皮肤莹白，没有化妆，只涂着大红色唇膏，在一个黯淡的下午里显得格外明亮。她一边低头看材料一边打字，闵之在门口站了一分钟，觉得没有理由继续站下去，就去办公室把购物卡领了，签字的时候他看见林微微的名字刚好在他上面一行，她的字写得很差，那个"微"字还有过修改，她一定不怎么用笔了。

回到自己律所，闵之看见尹小玲的QQ头像在闪，她也是那个妖媚的红头发女人，为什么女人都喜欢妖媚的红头发女人？尹小玲的每一句话都要跟随着图标，"你在干吗呢"，后面是一张捂着嘴笑的小黄脸。

闵之不知道他在干吗这件事到底有什么值得捂着嘴笑，但他还是很识趣地回了一个龇嘴笑，说："下班我们去逛街吧，看你想买点什么。"

他们其实还没有上过床。两个人都跟父母住，尹小玲有套自己的房子，但还是毛坯，她带闵之去看过一次，两个人在光秃秃的窗户边吻了一会儿，靠着满是灰尘的窗棂。外面下冰冷的雨，又是第一次接吻，他不好意思把自己冰冷的手伸进对方毛衣，只能徒劳地在外面抓住一点胸。两个人都穿得太多，层层叠叠的衣服横亘在中间，闵之几次分神，望向外面却什么也望不见，世界和尹小玲露出来的棉毛衫一样，漫山遍野茫茫灰色。

最后就这样结束了，两个人都有点尴尬地整理衣服，把棉毛衫撅进牛仔裤里扎好，把压瘪了的羽绒服重新拍得蓬起来，用手指头把头发梳顺，然后就自然过渡到讨论房子的户型和价格上。闵之点了一支烟，尹小玲把窗户打开，雨点飘进来，却什么都没能打湿。

户型是方方正正的三室两厅，从每个房间都伸出去一个大阳台，客厅阳台是二百七十度的圆弧形，烟雾中闵之能轻易地想象出未来，以后这里是一个小鱼池，水面上飘小朵小朵的紫色睡莲，红色水泡眼金鱼沉沉浮浮，墙壁上嵌着欧式壁灯，暖黄色光影。尹小玲刚刚洗了头，坐在一把秋千式藤椅上梳头发，闵之觉得自己像一个万能摆件，既可以被摆放在鱼池边上抽烟，被尹小玲埋怨熏臭了她的头发，也可以根本不在这画面里存在。

尹小玲买这套房的时候是两千八，现在涨到了四千，"不会再涨了，自贡的房价就只能这样，"顿了顿她又说，"不过也不一定，我记得二〇〇〇年青岗岭才七百多一平方。"

闵之拿不准她到底在期望什么回答，所以就开始说自己正打算买的房子。他略微不舒服，因为自己买不了这么大的户型，房子也不在汇东，自贡也有轻微的地段歧视。其实哪个小区走出去都是相似的，哪里的门口都是灰尘扑扑的杂货店，卖蜂花护发素，冰柜里有来路不明的雪糕，一块钱一根。林微微有一条微博抱怨说，自贡买不到梦龙。闵之后来开着车四处找过，真的没有，但找到又能如何，他总不能拿着一支雪糕，给林微微送去。

闵之有点着急，先找好台阶："主要是我没钱，又不想贷太多款。"

尹小玲很识趣地安慰他："九十多个平方够住了，你一个人能住多大。"

尹小玲在关键时刻总是识趣的，让闵之找不到借口不继续往前走去。就像第一次他们去吃香辣蟹，螃蟹有九十八一斤和六十八一斤，她点了六十八的，而且只点一斤螃蟹，另外是一堆藕片、宽粉、豆芽、莴笋，买单不到两百块。闵之要送尹小玲回家，那天他没有开车，尹小玲立刻说："不用不用，我打车就行了。"她上车前也像刘美华那样挥手，白净手指上涂着蓝绿色指甲油，和她身上的姜黄色大衣并不搭，但那种葱绿在马上就要黑下来的天空下灼灼闪光，闵之没有办法不看见她。

薯条刚刚吃完，尹小玲终于出现了，穿一件黑色羽绒服，闵之疑心跟林微微那件一模一样，但更可能万事万物都有细细连线，另一头被林微微死死抓在手里，闵之觉得痛苦，又有一种被控制的快乐。

尹小玲走得满脸通红，说："不好意思不好意思，单位一直开会，我的手机又没电了。"

闵之摸了摸她热气腾腾的圆脸，她没有嫌油腻，凑过脸"咯咯"地笑起来，闵之还在想林微微是不是会这样凑过脸来"咯咯"笑，尹小玲已经牵住他的手说："我今天想买双靴子，要过膝的，你说好不好？"闵之松了一口气，庆幸一双靴子解决了生日这件事，他给她买了一双一千九百八十的驼色长靴，正好刷完那两张卡，走出商场时他们接了一次吻，尹小玲的唇膏有一股樱桃味。闵之已经很久没有吃过樱桃，却在接吻时辨认出那种味道，他觉得这味道没有什么不好，也许命运只给了他这一颗樱桃。

5   纽 约))))●●●

　　上班第一天，闵之七点起床。做完爱，冲过澡，已经快三点，其实他整夜都没有睡，翻了几本英文杂志天也就亮了。窗帘是房东留下来的，沉沉黑色天鹅绒，隆重得像是一个经常闹鬼的酒店，只是两边拉过来总是缺了一块，一线光刚好能照在床尾，鬼大概顺着这点光消失了。

　　闵之一直不敢细看这张窗帘，它可能从来没有洗过，皱褶都翻开了也许会飞出蝙蝠。他不喜欢这套公寓，暖气管整夜整夜吭吭吭吭地响，像一种充满节奏的怨言；电梯只能装下五个人，他总是走楼梯上十一楼，楼道里完全没有灯，他打开手机灯，白光下肥嘟嘟的老鼠欢快地从脚面上跑过。有一次他下楼看到满坑满谷的人围在路边，问了问保安才知道是 *GOSSIP GIRLS* 的剧组在这栋楼面前取景，他厌烦所有这些，但大概就是为了这些，他才要住在上东区。

　　翻身起床的时候彭羚含含糊糊叫了他一声，转身过去又睡了，整个人缩在他本来为林微微买的那套三百美元床品里，紫色衬得她的皮肤有点脏，大团大团的咖啡色卷发露在外面，骤眼望去，容易误解为凶杀案现场。彭羚没有正式搬过来，但一个星期已经差不多有五天是在这边过夜，她自己在34街租了一个开间，去她读的设计学院走路只需二十分钟。闵之给她在衣柜里留了一格，但也就是能装下几件内衣和T恤，彭羚总是去学校前回家换好衣服，下课又坐六号线到他这里吃晚饭。

大部分时候他们在家里自己做，熬一大锅西红柿肉酱后就天天吃意面，彭羚在中国城里买了各种调料和速食品带过来，他们就把辣翻天剁椒酱拌在肉酱意面里，晚上饿了再煮二十个荠菜饺子，用老干妈调出红油，做爱前即使刷过牙还是一股饺子味，两个人都不大想接吻。

彭羚和在北京时不一样了，每个人都和在北京时不一样了，闵之想，他和林微微大抵也是如此，每个人都在衡量往事，计算得失，以换取更合理和划算的未来。彭羚既没有提出要扩张衣柜空间，也没有把自己那套房子退租，她买了地铁月票每天奔波，每晚兢兢业业地和闵之做爱，闵之知道，自己迅速被她的双腿缠了进去。正式上班前他还有两周空闲期，整个下午都坐在沙发上看电视，但一到五点就开始下意识地等待彭羚按门铃，他一直没有给她钥匙，她也没有要，他知道这一天必然要到来，不过是在故意拖延，好像拖延得越久，才能让自己越甘心于此。有一次坐在沙发上听到门铃响，闵之一下想到林微微问他那个决定性问题的时候，刚好隔壁门铃响，嗞嗞电流声穿墙而过，林微微刚刚洗掉面膜的脸还有一股海藻味，嘴角有些许细细绒毛，再怎么强作镇定，也还是怯生生的模样，他整夜听到那令人痛苦的电流声。

有两次他和彭羚做完爱躺床上说话，几乎就是浓情蜜意了，两个人交待这中间几年的感情生活。彭羚说她刚到美国后不久有个白人男朋友，有六块明显的腹肌，对她挺好，早饭做好了端到床上来，后来不知道怎么也就分了。闵之没有接话，彭羚以为他生气了，更紧地抱住他，用热乎乎的乳房蹭他胸口，但闵之只是短暂地走了一会儿神，想到那些皇后区的清晨，那些被他自以为是的理智压制的欲望，或者情感。他顺着生气的剧情演下去，默不作声地把床头灯关掉，后来彭羚再追问，他语气冷淡地说："我没有什么特别的人……有几个很短暂的女朋友，有一两次一夜情。"其实是一次，他特意含糊掉那种唯一性，以逃避林微微这三个字带来的痛楚和心动。

　　闵之走了两个街口，在犹太人开的小馆子里吃煎鸡蛋和熏肠，然后买大杯摩卡走到律所楼下，差几分钟到八点，连门都还没有开。纽约大部分好律所都在华尔街附近或者中城，闵之去年在DAVIS POLK实习过，有一层楼全是电脑，又有一个一百多平方米的大房间专门放传真机，食堂厨师随叫随到，饭点食堂里人也不是太多，每个人都非常知道自己在纽约排名前三的律所工作，过于知道了，那种明确让闵之厌倦。实习结束，闵之不是没有可能留下来，但他最后选了这家，律所规模不大，孤零零身处上东区，只占了一栋楼的一到三层，再往上走是几家画廊，他觉得自己适合这里，他再一次控制不了自己想：林微微也会同意。

　　还是不到上班时间，他不想显得太着急，又走两分钟到中央公园。白日灼眼，但毕竟还是冬天，连中央公园都显得

闵
之
和
闵
之

颜色寡淡，哪里都不够饱满，几棵大叶黄杨，路边还有矮矮冬青，都没有掉叶，但绿得阴沉。几个跑步的女人经过他，穿着短到大腿根的热裤，皮肤冰冷粗糙，蜘蛛网一样的白色筋络浮在上面。

　　八点半，闵之站起身来，新买的皮鞋踩在有点濡湿的落叶上，即使穿着纯毛西裤，屁股上的凉意还是没有完全褪去。新世界从此开始，他不知道以后每一天是不是都会像今天这样，开始得太早，又等得太长。

5　自贡 ●●◖◖

　　春节前一周，气温突然升到二十五度。路上急急匆匆办年货的人都乱穿衣服，腊味铺前面羽绒服和麻纱短袖一起排队，最后都一手拎着肥嘟嘟的腊猪头，另外一只手是猪俐猪肝，用油浸浸的麻绳串起来，上面裹着几张粗糙黄纸。

　　腊月二十五，闵之买好腌腊后去签购房合同。开了一会儿车他觉得闷，把车窗摇下，大团大团灰尘混着燥热的空气涌了进来，他先脱了藏蓝色棉服，后来等红灯的时候又把灰色套头毛衣脱了，因为没有预计到会脱成这样，里面只有一件黑色棉毛衫，沾着不少绒毛，他自己也觉得廉价。

　　闵之有点胖了，后视镜里他看到自己的小肚子，后座上的腊猪头瞪着眼睛，耳朵缺了一个角。几十个一模一样的猪头看下来，他偏偏买下这个缺耳朵，闵之觉得它的嘴唇切下来刚好一盘。他一直喜欢吃猪嘴，艾叶镇上有一家豆花饭，招牌菜就是凉拌猪嘴，后院正对着一个公共厕所，进出厕所的人来来往往，大家还是镇定地坐在院子里埋头苦吃。他有时候会特意开车过去，叫上三两加一个酸菜豆瓣汤，能吃下三碗饭。

闵之用豆瓣汤泡饭，拣着最后那点大葱和碎肉的时候想，自己好像过于适应自贡的生活了。他努力回忆在重庆读书加工作的十二年，发现反反复复也就是那些，陈家桥镇的巴将军九宫格火锅；坐在江边的漂亮女孩子，每个人都露着大腿，然后忙于打蚊子，蚊子肥大，行动缓慢，壮烈地死在白色大腿上；过了一会儿大腿们起身走了，高跟拖鞋敲击路面；除此之外，长江的雾气遮蔽一切视线，货船尖锐的汽笛声又盖住一切听觉。重庆只能迟钝地调动出一些记忆碎片，他现在踏踏实实走在自贡的灰尘里。有凉拌猪嘴，有便宜房子，有每晚打半个小时电话的尹小玲，你无从抱怨的生活，以及命运。

这是闵之第一次真正参与到过年这件事里来。他陪着父母两周前就买好了一只老母鸡，一直养在楼道里，等二十八那天杀了炖海带汤，因为今年只有二十九，没有大年三十，说好了今年让他杀鸡。老母鸡浑身肥油，不大走得动路，但还能略略叫，在那么艰苦的环境下也坚持下蛋，闵之每天早上都能在打扫鸡屎的时候捡回一个温热的蛋。今天出门前闵之看到那只鸡正在焦灼地酝酿另一只蛋，浑然不知它只能再活两天，现在又有一整只猪头坐在他后面，散发烟熏火燎的香气，闵之觉得这些事情连到一起，他生活在自贡这件事也就顺理成章了。

最后买了塞纳河畔。均价三千六百五十，但托人打了个九折，九十八平方的两室两厅，零零散散各种税加起来三十四万五，他首付了二十五万，这笔钱父母老早就转到他卡上了，另外多给了十万，这样他装修就不用再贷款。闵之没有动用公积金贷款，月供还是只有七百多，这个数字显得有点滑稽。他在重庆也看过房子，塔楼西北角的一室一厅，说是六十平方但是公摊就有十二个平方，还是这个首付，月供不到两千，他的工资刚刚涨到了三千二，并不是真的买不起。看完房出来，他远远又看了一眼那栋大楼，试图从密密麻麻的小窗户里找出可能属于自己的那扇，但每一扇玻璃都在反光，他只是白茫茫地睁不开眼，二十分钟后才慢慢恢复了视觉，大概就是从那个骤然盲掉了的下午开始，他想要回到自贡来。

　　售楼处的刷卡机怎么都连不上，等人来修的二十分钟里，闵之往小区里走了一会儿。那几棵黄桷树倒是种活了，绿叶阴沉，草坪上种满了紫花地丁，说是最早四月才能开花，但再这么热下去，春天会挟裹一切提前到来。小区里到处都在装修，有几家腊月二十七也还没有停工，几十袋水泥堆在花园中间的凉亭里，泥灰弥散烟雾，让每个人每棵树看起来都脏。有个装修工人坐在亭子里吃午饭，一个透明塑料袋装着凉面，他拿着一次性筷子在里面捞，吃到最后，油滴滴答答漏出来。

　　闵之当然不认识紫花地丁，这是上次尹小玲陪他看房的时候告诉他的，闵之发现尹小玲从成都一个读不出名字的大专毕业，却懂这些林微微也不见得懂的事情，比如她认识紫花地丁，知道这种小花的花语是"诚实"，闵之疑心她是小时候看《花仙子》记住的。她长得也有点像花仙子，圆圆脸大眼睛，过年前尹小玲把大波浪烫得更卷，为了定型，涂着厚厚啫喱水，散发出浓郁的白糖稀饭味，闵之有时候想摸摸她的头，却无从下手。

尹小玲顶着这样的蓬蓬头，挽着闵之胳膊走在塞纳河畔的小区花园里，娇嗔地说："等紫花地丁都开了，我们摘一点回去凉拌好不好？过一下开水，就加点盐和味精，不要放油，吃起来好清香哦。"她身上的蓝色针织毛衣裙蓝到发紫，看起来就像一大盆凉拌好的紫花地丁，但尹小玲不是清香型，她是白糖稀饭和蜂蜜拌玉米糊，有时候太腻，更多时候只让人觉得暖。

闵之无可选择，只能说："好。"

那是尹小玲最后一次陪他来看房子，自己住在汇东，她倒没有对青岗岭表示意见，没有对小区大门正对马路，以及有一个上面飘着几张卫生纸的水凼表示意见。尹小玲夸张地赞美小区绿化，以及门口穿着蓝色制服的保安，几次闪烁其词地表示门口16路可以直接到她上班的地方。闵之有受宠若惊的恐慌，觉得自己还没有资格让一个哪里条件都不错的姑娘这样闪烁其词，他沉默着不搭话，尹小玲也没有生气，过了一分钟又欢快地说院子里种着几株海棠，她知道海棠会在盛夏开花，是大朵大朵的艳红色，最后结出小小果实。

他们已经有过一次仓促的性生活，在闵之的车里。有个晚上两个人沿着釜溪河回家，不知道为什么拐错一个弯，后来就是越开越错，一路到了陌生之地，毫无准备，也没有买套，穿好衣服十分钟，闵之就开车到路边药店买了毓婷。这次性生活没能给闵之留下什么印象，就像饿了很久之后囫囵吃了一碗饭，因为吃得太快，仅仅觉得饱了。冬天穿得太多，开了车内空调也不敢都脱光了，赤裸的下身上层层叠叠塞着内衣毛衣，尹小玲脱靴子就脱了几分钟，她出了一头一身汗，两个人贴近有微微酸味，转眼之间就结束了。有辆大货车打着强烈远光灯开过，他在一瞬间看见尹小玲头发很乱，她一边找内裤一边轻声说："给我纸巾。"

刷卡的时候闵之突然又闻到这股酸味，他疑惑地往四周看了看，却只有售楼小姐殷勤问他什么时候来拿送的厨房用具，首付超过五成的人才有，要是一次性付清，就有一台四十英寸的长虹彩电。也许是那几把菜刀早就锈了，闵之努力想辨析出那点酸味，一直到刷卡机在沉默中吐出收据，像人生已经给他开出了最后的发票。

6 纽约))●●●

彭羚对闵之说："你知道吗？今年没有年三十，只有二十九，然后就直接到了大年初一。"

他们刚去中城看了《歌剧魅影》，第九排的位置，大吊灯闪烁着升起，从闵之的头顶飘过，他清楚地看见里面有几个灯泡坏掉，留下小小黑洞，像他无人察觉的心。剧院里的音响过于环绕立体，魅影的歌声响起时，彭羚紧紧握住他的手，他握了回去。散场后她买了一个魅影面具，从地铁站走回家的路上戴起来，主动凑上来和闵之接吻，面具边缘碰到闵之的皮肤，她吻完笑了一会儿，半边脸笑容诡异地闪在黑漆漆的夜里。

彭羚在黑色大衣里穿着墨绿色紧身小礼服，中场休息时她起身出去，后背拉链一路到底，绷得弧线非常流畅，闵之看着她走远，觉得实在不能说自己不满意。回家后他帮彭羚脱裙子，一口气把拉链拉到最后，哗地出现里面整套黑色内衣，内裤在屁股上挖了一个心形的孔，闵之把手从那颗心里穿过去，彭羚说："要不要我戴着面具？"

他们这一次恋爱非常稳定，好像彼此都在暗处下了决心。每天晚上彭羚洗过澡，穿上繁复花朵的和服睡衣，就坐在沙发上打开电脑，找纽约的各种活动信息。彭羚能找到米其林一星的折扣，知道古根海姆的免费时间，一到周末他们就去联合广场的 farmer market 买奶酪，彭羚能吃蓝奶酪，闵之不能接受那种味道，她吃完之后就用水牙线拼命清理。到了纽约，彭羚懂事到让人不适与担心。

联合广场距离闵之以前的房子很近，有一次他们买完奶酪和鲜榨梨汁，又看了一会儿黑人表演杂技，闵之突然想到以前林微微跟他描述过这件事，说那些黑人能"一个筋斗翻过好几个人"，林微微也是刚洗过澡蜷缩在沙发里，腿上放着一个破破烂烂的笔记本，那架铺着红布的破沙发使她几乎陷了进去。林微微穿一条五颜六色的花睡裤，褪色的蓝灰色T恤，没有穿内衣，因为T恤是大码，连她的胸也看不出形状，回忆突然通上电流，闵之的心剧烈跳动，像隔着时间触摸到它们柔软的手感，那让人心悸的沉迷。

林微微还说，那些黑人总是拿一个巨大的桶收钱，几枚硬币掉下去，甚至发不出一点点声音。说这些的时候，她拿着一条巨大的黑色毛巾擦头发，闵之远远坐在书桌前，他们中间隔着一个丑陋的木茶几，上面摆一块九毛九一磅的红提，红提甜得闹心，这一盘吃来吃去也吃不完。窗外有几个福建人大声说闽南语，一个年轻女人的声音像指甲划过窗玻璃，林微微又说："那几个福建人是偷渡来的……坐了好几个月的船，皮肤上都长了癣，后来开了福州小吃……你吃过福州小吃吗？法拉盛那边一碗扁食只要两块钱，当然只有一点点肉，但多倒点蒜蓉辣酱，哪怕是大冬天呢，吃下去就暖和了。"

大年二十九那天刚好是周六，闵之一到法拉盛就先吃了一碗扁食，两块钱，一点点肉，他倒了很多蒜蓉辣酱，吃下去之后暖意腾空而起。彭羚坐在边上等他，她在各种肉燕鱼丸鸡脚鸭头中犹豫了一会儿，最后什么都没有点，只是去隔壁买了一杯珍珠奶茶，吸管抓住珍珠，发出啪啪声音。她穿着新买的红色羽绒服，坐在一张油腻腻小桌前，只能悬空拿着珍珠奶茶。其实来法拉盛过春节是她的主意，平时他们偶尔去曼哈顿中国城买菜，几乎没有来过法拉盛。

今天地铁有点问题，七号线从 42 街开始就停停走走，一个半小时才到缅街。昨晚下了今年最大的一场雪，车子开出地面时，远远可以看到每个白雪覆盖的街道都扫出一条歪歪扭扭的小路，巨大的烟囱顶端留着一点点雪的印记，让皇后区显得不是一个那样粗糙丑陋的地方。他们很少离开曼哈顿，偶尔会去布鲁克林逛逛，从来没有去过布朗克斯，闵之突然意识到，从林微微家回来之后，这是他第一次来皇后区。曼哈顿拥有这个世界的一切，听说有人二十年没有出过这个小岛。但林微微呢？林微微穿梭在这个世界和那个世界之间，她坐在纽约公共图书馆后面的 Bryant Park 看书，中午却拿出在广东人开的飞达西饼店里买的火腿蛋三明治。

闵之又意识到这个画面只是他的想象，其实他只见过一次曼哈顿里的林微微，那是他们从 Albany 回到纽约，在 28 街第六大道下车，林微微在路边餐车买了一瓶矿泉水，拿出两美元的时候她明显迟疑，大概因为一般这只卖一块钱，但她太渴了，拿到水之后一口气喝掉了一大半，然后就转身下了地铁。那天她穿一条长长的蓝色裙子，裙摆扫在肮脏楼梯上，包里装着喝剩的矿泉水，这就是林微微在曼哈顿。除此之外，林微微在皇后区穿梭于华人超市和一栋破房子之间，林微微站在门口看他倒车，林微微浑身上下廉价货，林微微拿着一把巨大锅铲做不太甜的红烧肉，林微微说她喜欢住在这里。

他们在一家湖南馆子吃了年夜饭，排四十五分钟的队才等到位，坐在门口一直有人开门关门，雪后的风刀一般冷，彭羚把手伸到闵之的脖子里，闵之觉得凉，但更多的是不安和犹豫。剁椒鱼头用的不是花鲢，剁椒似乎腌过头了，干锅鸡杂太辣，清炒丝瓜切得很厚，但这还是一顿不错的年夜饭，最后煮了一碗清汤面倒进剁椒鱼头的汁里拌开，他们居然也都吃完了。买单的时候服务员吞吞吐吐地表示希望小费给现金，那是个四川姑娘，说话有浓重口音，皮肤很白，额头上爆了几个痘，但只是衬得皮肤更细，闵之给了她 25% 的小费。

吃完饭，他们慢慢走去地铁站，缅街上挂满了红色灯笼，几只逗利是的舞狮瘫倒在路边，彭羚买了几包潮汕蜜饯，闵之打包了一饭盒酸菜肉丝炒米线，想了想又回头去买了一盒盐水鸭和泡椒凤爪，除了食物，法拉盛甚至皇后区并不能提供更多的东西。闵之知道自己不可能真的在这个化雪的夜晚里遇到林微微，他坐上七号线离开她的皇后区，回到他们的曼哈顿，他隐约遗憾，又明知合理。

6 自 贡 ●●◖◗

尹小玲在厨房里陪着闵之杀鸡。真正下手前是她把鸡脖子上的毛拔掉，找出小血管的位置，闵之割了几次没有割到位，尹小玲又帮他把鸡头摁在接血的塑料脸盆上。这只芦花鸡叫得厉害，尹小玲大声说话，试图把那种锐利的尖叫声盖下去。

黏稠鸡血终于慢慢流出来，一边流一边凝固，闵之洗手的时候微微发抖，窝在一锅热水里褪毛的鸡已经不叫了，尹小玲却还是维持着那种音量说："我还在农村老家帮手杀过猪呢，杀猪也是割脖子，猪的血管粗得很，最后还要把肚子划开。"她脱了外套，里面只有一件薄薄的黑色紧身线衫，沾了几根芦花鸡毛，满手血迹还没有来得及洗，粉红色指甲油和暗红色鸡血混在一起。尹小玲手指细长，会弹一点简单的电子琴，钢琴上弹得出《致爱丽丝》，摁住鸡头时却是当仁不让的。

海带鸡汤按理明天才正式吃，闵之妈妈还是舀了一大碗给尹小玲，上面漂着一层黄澄澄鸡油，下面藏一整只鸡腿。

尹小玲一定觉得太油了，闵之和她去喝过酸萝卜老鸭汤，她总是要把上面那一点点油撇掉，但这碗鸡汤她也当仁不让地喝光了，用她摁住鸡头时的决心和魄力。闵之想，要不是尹小玲身上有这股当仁不让的劲头，他们可能也就是含含糊糊地约会几次，吃三顿饭，看两场电影，在黑暗中潦草地接吻。而不是像现在这样，有了性生活，去对方家里过年，一起杀鸡，一切有条不紊，奔向故事的结局。

这是尹小玲第一次正儿八经来闵之家吃饭，上门当然带了点礼物。她给闵之妈妈买了一根鄂尔多斯的红格子羊绒围巾，闵之爸爸是一条金利来皮带，金扣雕花，都是在自贡拿得出手的见面礼，却也没有过分。前一天晚上闵之妈妈问他要不要给尹小玲包个红包，闵之想了想说："随便你们。"所以还是包了，两千块的红包摸上去厚厚一叠，尹小玲推辞了几个回合，最后也收了。她今天带过来的礼物差不多也是这个数目，大家都心照不宣地保持了微妙的平衡。闵之喜欢自贡的这种感觉，这种对生活娴熟万分的把握让他觉得安全，不像以前在重庆，永远不知道别人结婚或者生孩子给多少红包合适，又怕失礼，又怕吃了亏。

闵之妈妈当即把围巾围上了，闵之爸爸去卧室里换了皮带，他长得胖，肚子勒高了看上去有点滑稽。四个人坐在沙发上看了一会儿春晚预告，也没人特别招呼尹小玲，她一个人坐在沙发的贵妃榻上，抱着抱枕，自己从零食篮子里拆了一袋鱿鱼丝，吃了一小半也就走了。闵之爸爸妈妈把她送到了门口，说："明天早点来。"没等他们走到电梯口，门就关上了，他们都算喜欢尹小玲，但是也没有喜欢到需要她进了电梯再关门，一种平心静气的喜欢，拿出十万以内的聘礼不会心痛，但这个数字也不能再往上走。签完买房合同回来后，闵之妈妈就跟他说，要是他们赶着结婚，年后就得开始装修了，家里有叔叔在农村带了个装修队，紧赶慢赶两个月能装完，再晾一个月，五月就能搬进去。五月结婚挺好，新娘子穿婚纱不冷不热，妆也不容易花。

闵之想了想尹小玲穿婚纱的样子，觉得也挺好。他们可以四月去天池山上拍婚纱照，梨花初开，尹小玲穿着长长裙摆的婚纱站在满树白色梨花下，梨花小朵小朵，五个花瓣，花心绿色。尹小玲有一次吃梨的时候跟他说："你知道吗，梨花还有个名字叫玉雨花。"她喜欢说"你知道吗"，而且好像认识所有的花。每个人都是某个领域里的天才。闵之从来没有见过她养花，她家只有一盆罗汉松，被孤零零地扔在阳台上，根儿几乎已经干了。

闵之还没有跟尹小玲提过结婚的事情，她也不提，只是事事透出必然水到渠成的信心。她偶然看到过闵之手机上显示的银行卡余额，还给他介绍过两个离婚案，一次收了一万，给法官的小红包是当事人另外包的，这跟重庆的收费也差不多了。钱到账后，闵之陪尹小玲去买了根手链，本来是要买项链的，但黄金涨得太厉害，尹小玲主动换成了一根两千多的手链，细细水波纹上有个小铃铛，闵之亲手给她戴上去，叮当作响，在旁人看起来，这也就是差不多了。没有人疑惑过，他们在两个多月前才刚刚认识。命运给每个人写出迥然不同的剧本，他和尹小玲的这本上密密麻麻写满了剧情，让人上演时紧凑到喘不过气；而他和林微微那里，纸面干净，翻了很多页也只有墨水滴下的痕迹，他就反反复复看那些痕迹。

他和尹小玲之后也有过几次性生活，都在车上，只要哪天尹小玲没有穿靴子，又里里外外都是很好脱的开衫，闵之就心领神会沿着釜溪河，开到比上次更远的地方。车停在一个滩涂上，水面有光，四下寂静，夜鸟发出凄厉叫声，好像在为他们助兴。两个人的整套动作越来越熟练，闵之从来没有撞到过头，尹小玲把后座上的抱枕垫在腰下，她会轻声叫床，但从来不过分，尹小玲做什么事情都不过分。

现在闵之每次都戴套了，他有时候会莫名地想念第一次仓促而毫无准备的性爱，想念尹小玲满身大汗时的酸味，现在她很少出汗，做完之后赶紧从包里拿出一瓶香水四处乱喷，把车里体液的味道盖过去，她说闵之精液的味道带点鱼腥，也不是难闻，只是太浓烈了。那几乎是她和闵之距离最近的时候，她拿着一把牛角梳，不紧不慢把头发梳通，闵之不紧不慢地把车开回城里。自贡郊外的空气也好不到哪里去，阴沉沉雾气笼罩着苍白的釜溪河，但还是看得到一两颗星星。尹小玲说："你知道吗，那颗是金星，那颗是火星，它们最亮，要是这两天下场雨，我就指北斗七星给你看。"

闵之今天没有把尹小玲送回家，他解释说要准备烧什锦，玉兰片和莴笋片都需要慢慢切好，海参还没有发。更重要的是，他觉得剧本显示两个人已经不需要如此，要不然哪里是什么水到渠成。他把尹小玲送到小区门口打车，往回走的时候看见路边有棵树开了几朵嫩黄色小花。闵之想到尹小玲说"你知道吗"，然后告诉他关于这朵花的一切的样子，他明白春天不可阻挡地到了，而世事只能如此。

7　纽　约))●●

　　从华盛顿回纽约那天，上车就已经七点半，闵之和彭羚站在路边等了十五分钟，风寒如冰，让每个等车的人都显得莫名凄凉，手上的星巴克慢慢失去了滚烫触觉，最后变成一种让人厌恶的温吞感。星巴克就在唐人街街角，恶俗地装修成不知道谁想象中的中国式。闵之疑心华盛顿的唐人街里都是越南人，但要是真的走进一家越南餐馆，却发现吧台里站着美国人，菜单里甚至没有生牛肉河粉。

　　彭羚特意买了唐人街的廉价大巴，去年好几个华人大巴公司都被取缔了，这个不知道为什么还在运营，一直到快开车时才发现其实是黑人开的公司，司机穿紧身背心，纹一条花臂。从纽约过去他们坐火车，两个半小时的快车票价一百四十九块，彭羚坐在对面上了一会儿网，然后跟他说："你知道吗，国家艺术画廊里现在有拉斐尔前派的特展。"

　　闵之疑心女人们都喜欢说这句"你知道吗"，他试图回忆自己的前女友们，却发现所有人留下的痕迹都不足以清晰

寻找一句常见台词。他确信林微微没有说过这句话，林微微
没有什么反复出现的台词，他们在做完爱后认真讨论巴以关
系，在她家的时候林微微问他喜欢哪几部美剧，但是他们从
来没有进行过心不在焉的对话，每句话都经过深思熟虑才能
说出，林微微从来没有对他说过："你知道吗，《纸牌屋》
的第一季已经播完了。"闵之觉得林微微看着他把车开走的
时候也许在说，你知道吗？你真的是个 asshole。

华盛顿一朵樱花都没有开，铁灰色的波托马克河似冻非
冻，河边零零散散堆着垃圾，几只松鼠在垃圾中穿梭而过，
废弃油桶上写着不知道谁的电话号码，像《纸牌屋》的片头，
让人觉得眼前这一切都过于戏剧化。他们在国会图书馆前排
队十五分钟，彭羚只穿一件黑色薄大衣，寒风带走水分，脸
上开始掉粉，露出通红皮肤，毛孔略微粗了，有让闵之陌生
的真实质感。他紧紧搂住彭羚的腰，尽力把她的头埋在自己
胸前，但彭羚本来就长得高大，又穿着中跟鞋，这个动作只
让人觉得滑稽。

十五分钟终于过去了，彭羚带他径直走到里面圆形的杰
斐逊大楼，然后跟他说："你知道吗，杰斐逊把自己的藏书
卖给国会，当时就卖了两万多美元，你说这是现在的多少钱？"

闵之说："不知道呢，也许一百万？"

"那也不算多。"

闵之喜欢离开纽约。华盛顿让他可以从容对付彭羚的"你
知道吗"，他也喜欢旅途中彭羚终于出现纰漏，她开始有明
显的黑眼圈，几次强光下闵之发现她除了皮肤干燥，眼角还
有点皱纹，指甲边缘长出白色倒刺，因为只带了一件睡衣，

最后那天闻起来有股热烘烘的人味，种种诸如此类，让彭羚甚至像晚饭时有点油烟味的林微微。闵之心里踏实起来，觉得这算不上一个荒唐剧本。

他们在华盛顿住了四个晚上，宾馆在 metro center，每晚走到唐人街吃饭，他们找到一家正宗的粤菜馆，连油腻腻的格子桌布也是正宗的。闵之换着花样吃店里的烧腊，彭羚每天都吃厦门炒米粉，然后拣一点他的烧鸭和叉烧，她怕胖得厉害，只吃一点点瘦肉。有一个晚上，他们吃完饭走到白宫边上去散步，天非常冷，彭羚凑上来跟他接吻，两个人的嘴唇都汪着油，一股酸菜混杂着鸭皮的味道尴尬地弥漫开，有直升机在头顶盘旋，也许是奥巴马刚刚回家，闵之突然说："要不我们下次回国就结婚吧？"

彭羚还没有来得及回答，直升机似乎飞得更低，闵之又说："我开玩笑的。"

彭羚赶紧说："我知道，我还在读书呢。"

她紧紧大衣，又说："我们回宾馆去吧，冷死人了。"

那天晚上他们没有做爱，又都睡不着，两个人无意识地把所有电视台浏览了两遍，最后停在某部老电影上。正好演到纽约的秋天，男女主角在中央公园里散步，两个人踩上满地落叶，絮絮叨叨说着废话，并没有意识到已经爱上对方。闵之想到刚才他无端端向彭羚提出的结婚 offer，就像几个月前他无端端向林微微提出的一夜情 offer，他试图在两者之间寻找某种关联，试图向自己解释为什么同样的冲动会走向完全不同的结局，如果两个 offer 都算有个结局。

回程大巴上都是中国人，后边几个人一直在用上海话抱怨车载厕所有多脏，越这么说闵之发现自己越控制不了好奇心，第三个小时终于去上了，果然是极其浓烈的尿臊味，冲水按钮按下去没有反应，厕所里也没有消毒液。他尝试了一会儿没有成功撒出尿来，回到座位上用湿纸巾擦了擦手，彭羚在边上刚刚睡醒，窗外是灯光闪烁的纽瓦克机场，停机坪上有飞机呼啸而起。白色阅读灯下，彭羚的皮肤出了种种状况，却让闵之觉得亲切，他发了一会儿呆，一口气喝完一杯凉透了的意式浓缩，有股劲儿无端端涌上来，他对彭羚说："我说真的，要不我们回国结婚吧？"

　　彭羚伸了个懒腰，她说："等到了纽约再说，你知道吗，还有一个半小时。"

7　自　贡

　　大年初一，闵之去尹小玲大伯家。大伯还住在艾叶镇上，密密两排瓦房，每家屋前都种着木槿花。没有地方停车，闵之开到挺远的地方，又沿着河一路走回来，河水混浊，白沫浮沉，但河边绿树已经抽出嫩枝，竹林里有飒飒风声，春天终归让人有点指向不明的憧憬。

　　三桌酒席，家里摆不下，就在河边的一个小水泥坝子上画了一个圈，严格算出占地面积，因为邻居也要在坝子里摆年饭。最后吃饭时是这家人紧紧背靠着那家人，大家都转头看对方桌子，来来回回也就是那十几二十个菜，放眼望去都是一模一样的整盘青红辣椒，不过这家的凉拌鸡用莴笋丝打底，那家用的是野生木耳。

　　闵之被安排坐在上位，男人们都过来给他敬酒，女人们笑眯眯地打量他，家家户户都是这样款待新姑爷。喝的是五粮春，接近两百块一瓶，在自贡也算上档次的白酒，闵之开始连干了三四杯，后来渐渐喝不动了，倒是也没有人催着他。

尹小玲坐在孩子们那桌，过来看了他几次，给他舀了一碗甜汤醒酒，又给他盛了米饭，用鸡汤泡好。腊月二十七开始降温，之前那几天就像初夏走错频道，提前插播过来，天色阴沉，迟迟没有下雨，大中午坐在坝子里，却四下都有萧条暮气。闵之越喝越凉，定睛看鸡汤泡饭上漂动的油光。

尹小玲穿一件崭新的红色羽绒服，她有些乡下习惯，过年从里到外一定得是新衣服，连头发都是二十九那天晚上赶着去烫的，烫完回家快半夜一点了，还给闵之打电话，有点要哭了："我让做成大卷，最后卷得很小，丑得不得了。"

第二天她到家里来，一眼望过去的确满头小卷，头突然大了一倍，他笑出声来，尹小玲生气地捶他肩膀，在父母看来也就是打情骂俏的样子。又看了一天，那些小卷们也都顺眼了，闵之看着她顶着一头小卷来来回回在坝子里穿梭，张罗着添汤添饭。几步之外就是釜溪河，冬天变成一条浅浅的灰色带子，在同样的灰色天空下偶尔反光，草草吃完饭的小孩子在干涸河床上捡鹅卵石。闵之前所未有地觉得自己回到自贡是正确的选择，虽然这是一个肮脏的小城市，坝子不远处就是镇上的公共厕所，艾叶镇十年如一日地没有任何变化，人人都得去公共厕所，有个上完厕所的男人一边系皮带，一边好奇地参观他们的年饭，家里有喝多了的男人大声招呼他说："要不要过来喝一杯嘛。"

下午大家都在打牌，闵之的酒劲慢慢上来，没有地方可以躺下来睡觉，他搬了一把藤椅坐在河边打盹，一觉醒来，发现自己身上有一件厚如棉被的军大衣，尹小玲搬了一个小板凳在边上梳头，挣扎着想把小卷们梳得直一点。她也喝了两杯葡萄酒，面色粉红，也许是新年买了更细腻的粉底。这是她的二十八岁生日，闵之并没有特殊表示，在买过一千九百八十的过膝靴后，他也不知道还需要怎样表示，尹小玲穿着那双靴子，她个子不高，其实并不适宜。

闵之看了她一会儿，又喝了一口边上早泡好的浓茶，突然开口："你说……我们要不要五月份去领个证？都说五月份天气最舒服。"

尹小玲连梳子都没有拿下来，说："等你酒醒了再说。晚上你就不要喝了，晚上是泸州老窖，酒不好，喝了伤身体。"

闵之又喝了一口茶，铁观音苦得厉害，却真能醒酒，他渐渐恢复了视觉，眼前是一个清晰世界，他并不想反悔。

第三部

只有一个任宁

1　北　京　🌙🌓○○

　　PM2.5 爆表那天，任宁被堵死在京通快速上。车流漫长，每辆车里都有一个人，一边徒劳摁喇叭一边玩手机，两件事情都出于绝望，这个城市越来越频繁地让人绝望。

　　八通线上城铁得意洋洋地飞速开过，那又怎么样，里面还不是挤满了绝望的人，方圆五米之内一定有个刚吃了韭菜馅饼的混账。北京反正有无穷无尽的混账，有些吃了韭菜馅饼去挤地铁，有些一边开车一边往外吐痰，要是风来得及时，"啪"地打在任宁的前窗上，绿莹莹的恶心感能持续一整天。任宁再绝望也不敢往外吐痰，他怕风来得过于及时，又给吹回来了。任宁知道，这种事情一定会发生，因为最糟的事情总会发生。

　　城铁里有个年轻姑娘把脸紧紧地贴住里面车门的玻璃，任宁抬头看见她，一瞥间看清楚了她穿一条碎花连衣裙，口红印在玻璃上，像一个潦草肮脏的吻。她一定是在传媒大学那一站下车，还得熬两站，一过了高碑店就得奋力往外挪，也有可能是北二外的，那就还得走过朝阳路才能回宿舍，南北方向的小路有高低坑洼，雨后积满了脏水，漂动着烟头和卫生纸。

任宁的手机没电了，他摇下窗户点了一支烟，不远处是烟雾环绕的高碑店湖，铅灰色水面让人沮丧。奥运会后不久，北京的空气狂奔着往崩溃里走，林微微喜欢睡觉时开窗，有时候半夜醒过来暂时睡不着，任宁会在煤油味的空气里发一会儿呆，或者起身走到窗前抽烟，每支烟都好像再坚持两分钟，就能点燃空气。

窗外是小区花园，有株桂花树长得很高，遮住这套朝西小房子最后一点阳光，暖气没来或者刚停的那几天，室内冰凉，要盖两床被子，即使这样林微微还是要开一小半窗，桂花香混着煤油空气，他们躲在厚厚的被子下做爱，扭动了一会儿两个人都出汗，汗酸把周边的味道搅得更加复杂，林微微把头伸出来说："要不你去把窗再开大点？"于是就开大点，在更清晰的煤油味中，两个人试图一起到达高潮，仿佛唯有如此，才能抵挡外部世界的侵袭。

车开始慢慢挪动，任宁把窗摇上来，他觉得自己又闻到了那股味道，煤油空气，桂花，林微微身上的酸味，再加上一点点他自己身上的蛋白质味。林微微一直想找个词语形容精液的味道，最后只能非常写实地跟他说，蛋白质，你知道蛋白质粉的味道吗？吃起来就像一堵墙。其实她也没有吃过。任宁有点坐立不安，却又不想开窗换气，一直到车开过了双桥，就快看到以前他们住的那栋楼，他才想到，可能是打包的那个盒饭。

中午他去木桶三国吃了个鸡杂饭，想着晚上懒得做，另外叫了一份酸豇豆牛肉末带走。他挪出一只手把盒饭拿出来，果然塑料袋里已经一塌糊涂，他仔细闻了闻，纯正的酸豇豆味，腌得刚刚好。没有，没有蛋白质，没有一堵墙，没有林微微式的汗酸，没有从被子里散出来的乱蓬蓬头发，滑到手臂上的黑色内衣带。太阳忽然从厚厚灰霾里闪出残光，任宁远远看见那栋楼，只有边边角角照在阳光下，别的部位依然沉在阴影里，那是他和林微微住过的地方。

要是不堵车，他还有十分钟就能到现在的家，把这盒酸豇豆牛肉末放进微波炉叮三分钟，十分钟后他吃完晚饭，把塑料饭盒和一次性筷子拿到楼下倒掉，最后站在小区垃圾桶边抽一支烟。如果这个城市的 PM2.5 指数有轻微下降，他会看见夕阳奋力透过灰色浓雾，变成一个黯淡蛋黄。

任宁刚搬到这个小区一个多月，他抓住了通州房价的一次短暂下跌，卖掉管庄那套房子后他分到四十万，刚好够首付，他又用存款买了一部车，如果不堵车，他开到建外 SOHO 只需要二十分钟。当然这条路总是堵的，他试过六点起床去公司，京通快速上依然一堵四十分钟，他不敢相信每辆车里都有一个和他一样疲惫不堪的人。

之前的房主把这套一室一厅装修成尼泊尔式，又留给他整套家具和装饰，到处都是厚厚的地毯和绣着繁复花朵的靠垫，好像应该随时随地焚香，但任宁从来只是抽烟。客厅卧室都朝南，客厅出去有一个封闭式阳台，放着几个矮矮的原木小箱子，既能放东西，也可以坐人。不知道为什么这里缺了一张地毯，露出光秃秃米色地砖，让人觉得冷。任宁想到以前林微微买了一张昂贵的宝蓝色羊毛地毯，他们躺在上面做爱，林微微喜欢这些，躺地上做爱，去运河边做爱，好像只是躺在床上做爱就不能充分证明他爱她。任宁一直没有告诉她，羊毛刺得皮肤又痒又痛，所以做爱时他只能尽可能坐起身，林微微大概以为这是因为热情，她是个热情的姑娘，而且任何事情都倾向于认为别人和她有一般的热情，所以人人都让她失望。

还好他们没有在运河边做过，草坪上蚊子乱飞，周围的人都过来遛狗，哪里都可能有一坨热气腾腾的狗屎。买房是因为这里靠着温榆河，河边有密密树林，沿途甚至没有一盏路灯，走到尽头才是铁路。但这条路他只走过一次，更多时候他不过是站在垃圾桶边上抽烟。一直没有下雨，远远看过去温榆河已经没有水面，但这依然是最好的那部分北京，任宁觉得自己可以一直站在这里把烟抽下去，一直抽到死。

站在垃圾桶边，他有时候会想到和自己同居一年多的林微微，他没有想她，只是想起她。他知道自己很快会在阳台上铺上一张地毯，然后和鬼知道哪个女人躺在上面，绒毛照样让他又痛又痒，而对方照样浑然不觉。生活是这样没有商量地轰隆隆一路往前，纵使他两手脱臼也拽不住这一切的必然发生，而在短暂的喘息期里，他还可以在这样雾霾沉沉的傍晚，想起一个叫林微微的姑娘。

2　北京　🌙🌓🌕🌕

到了六月初，任宁一天工作十四个小时。在外企里做法律顾问是一份让人尴尬的工作，挣得没有外资所多，却也一样原因不明地加班。加班到了一定程度，会无端端生出欲望，任宁站在公司落地窗前喝今天第五杯黑咖啡，窗下是死死堵住的国贸桥，他突然想，最近合作那个公司的法律顾问，是叫汪敏敏还是方敏敏？

他认识林微微就是因为加班，晚上八点半了还没有看到下班迹象，他下楼独自吃麻辣香锅，叫两份藕片。他发现身边的姑娘也是如此，重辣锅底，两份藕片，一直一直喝冰镇酸梅汤。林微微那天把头发束在脑后，天气微凉，她穿无袖连衣裙和薄开衫。他们差不多是同时买单走人，走出门时，林微微在前面，任宁又看见她细细脚踝上挂着脚链，走在路上叮当作响，像始终有电车进站。

任宁犹豫了一分钟就走到她旁边："你好，我在六号楼十七楼上班，我叫任宁，你呢？"镇定，简洁，只是过于熟练。

林微微也表现镇定，这是应该的，她当然算得上美女，可以熟练处理这样的搭讪，也许过于熟练了。林微微略微犹豫了一下，说：

"我在八号楼十楼，我叫林微微。微小的微。"任宁注意到她没有说"微笑的微"，她选择了另外一个微小得多的词。他们留了电话，还没有来得及挣扎到底要不要发短信，第三天就又在半夜十一点回家的时候遇上了，两个人都加班，两个人都在国贸桥底下打车，两个人都回通州。

第一次拼车时，任宁坐在前面，第二次开始他们就都坐后面，低声聊天，音乐台里放着不知名的怨曲。那是九月的北京，深夜有风，高碑店湖泛着妖光，林微微穿真丝窄身裙和衬衫，裸色细跟凉鞋，长发编成辫子，短短的碎发编不进去，湿漉漉地贴在额角。在出租车里她偷偷踢掉鞋子，有一次踢得远了，下车时弯腰找了好一会儿，白衬衫荡开，任宁挣扎半晌，转过头去。林微微比他先到，车又走了一会儿任宁猛然回头看，她没有挪动地方，赤脚坐在小区门口的长椅上抽烟，那双高跟鞋歪在旁边。

那个姑娘叫汪敏敏，身高应该过了一米七，窄身裙下是白色低跟鞋。周五，他们在一起做合同，两个人都有不可让步的条款，做到半夜突然气场发生变化，不知道怎么一起去了簋街吃麻辣小龙虾。汪敏敏能吃特辣，吃到最后嘴唇全部肿起来，像一个油腻的吻。还是不知道怎么，又一起回了家，两个人都没有喝酒，只有几罐加多宝在肚子里哐当作响，车开到西马庄出口，任宁几乎要调头，把汪敏敏送回她住的青年路，但他对这件事的胆怯大于把姑娘带回家的胆怯，所以他放弃挣扎，路边的廉价汽修店黑漆漆一片，只留个招牌，闪动红色灯管，任宁一路觉得晃眼，他慢慢把车速降下来，却再慢也开回到了楼下。汪敏敏进屋后他一下忘记开灯，在黑暗中说："真不好意思，家里没有新的毛巾和浴巾了。"

汪敏敏在黑暗中回答："没关系，我可以不用。"

太礼貌懂事了，懂事到任宁不知道她早上几点走的，七点半醒过来，身边已经空了，半边床单抖得整整齐齐，任宁略微迷糊了一会儿，又翻身继续睡过去。十一点正式起床，煮二十个速冻荠菜饺子，饺子醋里的大蒜味在房间里绕圈，任宁一边吃一边看手机，没有短信，没有未接电话，汪敏敏干净利落地走掉了，这么早不好打车，但她可以在马路对面坐公交车回家，周六清晨，车上会有座。

林微微不是一个懂事和干净利落的姑娘。他们明明分了手，任宁早搬到三元桥，林微微还是会坐在小区门口，装模作样拿一本《三诗人书简》，装模作样说，我来找你签个卖房文件。后来这本书出了新版，任宁买了一本，坐在同一张椅子上翻了一会儿，看到一九二六年茨维塔耶娃写给帕斯捷尔纳克的信："你发现了吗，我是在零星地把自己给你？"任宁想，要是林微微也这样就好了，零星地把自己给出去，有点犹豫，有点不放心。

但是林微微不，她一定要完完整整地把九十八斤的自己递给任宁。九十八斤，那么迅猛地扑面而来，任宁还没有来得及调整姿势，就被怦然扑倒。怦然之间，林微微拖着行李箱搬进他租的一室一厅，衣柜太小，林微微自己的房子并没有退掉，每过一个月，她就拖着行李箱回家，换另外一批衣服过来。又是怦然之间，他们都退掉房子，买了一套刚刚一百万的二手房，蓝色外墙，蓝色地毯，蓝色鸢尾花抱枕，马桶里流着让人毛骨悚然的蓝色液体。林微微是过于蓝色的九十八斤，任宁不是不喜欢蓝色，但他不愿意怦然之间就进入一个蓝色世界，他明明还在四处张望，一块蓝布就这么无法质疑地蒙了上来，他只觉骤然失明。

林微微似乎对这一切浑然不觉，她以为万事万物理应如此。任宁理应在他们一起拼车回家进入一个月零一天的时候，和她一起下车，他们在小区门口合抽了一支烟，林微微邀请任宁"上去坐坐"，然后他就真的上去了，先是坐着，后来躺下来，躺了整夜。她自己理应从"上去坐坐"的第二天开始，就每晚打电话给任宁：你今天干吗了呢？你晚饭在哪里吃的呢？跟谁吃的呢？男的女的呢？她长得好看吗？有我好看吗？你是不是骗我所以说她没我好看呢？而任宁，理应在他们"确定关系"后不到一个月，就带她去公司晚会，跟每个人介绍说"这是我女朋友"，林微微穿蓝色蕾丝小礼服，黑色细跟鞋，头发梳在脑后，珍珠耳环，珍珠项链，不管见到谁，都微微笑，两个小酒窝若隐若现，她是一个对得不能再对的女朋友。

　　任宁知道自己应该这样想，林微微是一个对得不能再对的女朋友，这句话重复多了，自然成为真理，反正他已经昏迷在马桶中回旋的蓝色消毒液里。那年春节他带着林微微回成都，北京刮五级大风，天空乍蓝，让习惯灰色的人心生疑虑。清晨六点他们打小区里的黑车到首都机场，师傅是个老实人，去T3只收六十块，就是一到冬天他就很少洗澡，一股找不到形容词的味道在狭小车厢里没有出路，他们又不敢开窗，两个人都没有说话，好像这样就能减少呼吸。师傅习惯走一条小路，两旁是高大白杨，涂着半截白色石灰，那条路看起来明明像是没有尽头，但只够三个人轻微沉溺一会儿，就又开到大路上。师傅加个塞儿排到红灯前，突然扭头给他们说："刚才两边的田你们看见没有，都是薰衣草，七八月那香味！你们明年搭我的车来看，我往返只收一百块，等你们俩小时！"

　　他们没有来看薰衣草，也没有什么原因，就是没有来。黑车师傅被交警抓过一次，交了一万八后就不开了，每天傍晚准时在小区里牵着一头金毛遛弯，他们老是遇到，却再也没有说过话，那个和白杨、薰衣草，以及清晨六点有关的一切，被时间和人心毁尸灭迹。

他们又找到一辆相熟的黑车，一辆气派得多的比亚迪，师傅开车的时候总爱放邓丽君，车内干干净净，喷茉莉味车载香水，只有很少那些时候，任宁会想念那辆窄到两个人大腿紧紧挨着的红色QQ，想到那些他们曾经在言语中提及，却从没有抵达的未来。

3　北京　🌙◗○○

　　任宁到得太早了。今天他的车限行，坐地铁来的北京西站，六号线坐到白石桥南，再转九号线，全程只需要一个小时。两条地铁他都是第一次坐，在某几站之间，六号线发疯飞驰，车厢里有强烈噪声，甬道墙壁上的广告一闪而过，过了几秒钟，才依稀觉得自己刚才看见高圆圆。任宁突然害怕，几乎要站起来下车，但站着坐着的每个人都那么镇定地盯住手机屏幕，他又觉得自己只是可笑。

　　在北京要是学不会对一切熟视无睹，就总是容易显得可笑。有一次他的车被送去检修，下班等了半个小时都没有打到车。任宁从国贸走去郎家园，试图随便找一班路过通州的公交车。

　　北京正是春天，在沙尘暴和雾霾之间摇摆不定，那天轮上刮沙，在昏黄天空下面，任宁走过一个漫长队伍，走到站牌才发现经过的那些人其实就是在排队，他只能再沿着队伍往回走到队尾。他是他们中间不能辨识的一个，每个人都熟视无睹地等车，盯住手机屏，拿一个甜玉米，烤肠猛洒辣椒面的味道传得很远，却还是没有远过这条长队。任宁买了一个玉米、一根烤肠，站在最后一个，和第一个大概隔着八百米，他故作镇定地拿出手机，没有人发现他震惊到几乎忘记手机开锁密码。烤肠全是淀粉，玉米甜得发腻，不知道放了多少香精，没一会儿又落满黄沙，他还是赶在挤上可能第五辆930的时候吃完了。他饿了，等车等了四十分钟，任宁已经接受一切，原来这一点不难。

北京西站里找不到地方可坐，任宁在北一出站口发了一会儿呆。出站的人瞬间涌出来，任宁眼睁睁看着身边一个姑娘在五秒钟之内咽下一个茶叶蛋，用矿泉水漱口，然后迎了上去。一个高个子男人抱住她，又低下头吻她的嘴唇，任宁走在通往广场的楼梯上往下看了看，他们还在接吻，姑娘踮起脚尖，这个角度看过去，她有一种惊人的、让人无法忽视的美丽，像某些时刻的林微微。

去肯德基要走过天桥，任宁想排队上广场上的公共厕所，终于快排到的时候又胆怯了，他不敢走进去，他恐惧那可能袭击自己的味道大过于恐惧茶叶蛋，所以他一直憋到接上父母，再打车回家。出租车走长安街，一路上他试图向父母介绍，他们都是第一次来北京，但这个城市是如此让人为难，西单漫山遍野的人，好像每个人都在等一辆你其实不可能挤上去的930。国家大剧院是一个丑陋的蛋。好不容易走到国贸，他提起精神想指一指央视新楼被烧掉的那部分，却发现白茫茫望出去，它们并不真的存在。整个城市好像都不是真的存在，成千上万的词语构筑了它，它却消失于一场雾霾。

父母来之前才知道，任宁已经和林微微分了手，他们不怎么喜欢林微微，觉得她长得妖艳，不陪他们看春节联欢晚会，以及饭后从来不主动洗碗，但他们更不喜欢任宁没有女朋友。他们一直以为，任宁上一年买了房子，这一年就会结婚，然后再过一年，就有个孩子被抱回成都，这些事情是如此顺理成章，他们没有设想过任何意外。在决定向父母坦白分手的事实前，任宁有些慌张，想用另一个林微微填上这次空白，但这半年里他只上过一次床，所以他给汪敏敏发了个微信。为了输文字还是语音纠结了半个小时，最后还是打字："敏敏，好久没见，最近还好吗？十一长假有什么安排？"然后是图标：玫瑰花，月亮，酒杯。本来打了一颗心，最后删掉了。

微信是他们在箦街吃小龙虾的时候加上的，汪敏敏扫他的二维码，左手还拿着一支油汪汪的龙虾钳子。汪敏敏吃龙虾吃得极其投入，有时候壳都没有吐出来，吃到最后还叫了一碗白饭，舀了两勺汤汁进去拌饭，大概就是在那个时候，任宁想把她带回家去。以前和林微微住一起，他们喜欢去管庄家具市场门口吃烤串，林微微爱吃膻得不得了的羊腰子，老板渐渐注意到她，有时候会问："小姑娘，今天有没进冰箱的羊肝，要不要来一盘？"于是小姑娘就来一盘，加了大葱干辣椒爆炒出来。膻，但是也香。林微微说，自贡人吃羊肉汤的时候，羊肝用漏勺装好了烫，不能超过十秒，吃一会儿再来一盘酸辣羊血，什么时候你去试试？我让他们多放点生海椒，那就不膻了。任宁不搭话，自顾自地吃肉筋肉串。

任宁没有去吃自贡的酸辣羊血，汪敏敏没有回他的微信。过了几天，他猛然发现，汪敏敏没有拉黑他，但把他设置成不能看她的朋友圈，任宁有点不舒服，却又觉得这一切实在合理，毫无资格有任何情绪。他反反复复点击汪敏敏的头像，一只小花猫，四个爪子雪白，趴在一张蓝格子单人沙发上，原来汪敏敏也喜欢蓝色沙发，原来汪敏敏干净利落得这么彻底。

她并不是一个经常一夜情的姑娘，任宁知道这一点，虽然他们整个过程都没有交谈，但她太过小心翼翼，消失得太着急，几乎像落荒而逃。一个会在上床后落荒而逃的姑娘，任宁觉得自己想念她，他的想念滞后得太久，三个多月后才在一个深夜里发作。就像和林微微分手后的痛苦，在他终于找不到这个人的某一天下午，突然袭击了他，像一种隐形的大规模杀伤性武器，他无计可施，在办公室里呆呆地坐了一会儿，清晰感觉到内脏里有一部分就此永久缺失，但无人发现这一点，所以他自己也当作这件事没有发生。

在渴望收到却没有收到汪敏敏微信的那几天里，任宁遏制不住地想起她在床上的样子。他们关了所有灯，却忘记拉上窗帘，北京那天居然有月亮，照在她身体上是惊心动魄的银白，任宁进去的时候下意识地往窗外望了望，火星丝毫不闪，直直照进双眼，据说火星这么亮的时候，人间会有兵戈之相，然而他们的世界里没有战争，只有温吞的水，犹疑的人心。

任宁无端端想到这些，不能控制自己走神，他低下头，人间太远，眼前的身体又太近，他没有找到一个合适的距离。汪敏敏轻声喘息，隔了几个月，任宁突然觉得当时她同样在走神，为某些他不知道的原因，也许是火星，也许是南河三，距离地球 11.44 光年，却闪烁成小区里的一个灯泡。当然也可能是她纠结于到底要不要发出声音，以及到底发出多大的声音，太大让人害羞，太小没有礼貌。上床的礼仪这么硬生生地横亘在两个陌生人之间，月光星光都于事无补，所以她走神了。任宁想，她一定没有到高潮。

任宁一进门就冲向卫生间，他在里面听见妈妈打开冰箱，大声抱怨里面一无所有。任宁想，不对，里面有一饭盒打包的麻辣小龙虾。前两天他去过一次簋街，红灯笼照得那条街似有鬼神，地上铺满龙虾壳和餐巾纸，任宁一个人吃了太多特辣的小龙虾，舌头像被诅咒一般动弹不得，付出这种代价，却还是没有遇到隐约想见的人，他默默开车回家，黑暗中有一种情绪扑面而来，他拿不准这是不是叫后悔。

4　北　京　☽◗○○

有一年春节，林微微在任宁父母家住了五天，腊月二十九到成都，大年初四她自己回自贡，任宁回到北京，和美国总公司老板开会。任宁不是一定要回去，但是这场会议安排拯救了他。因为可以报销，他买了商务舱，大年初四的商务舱空空荡荡，任宁吃了一个果盘后把座椅放下来，沉沉睡了一觉，再醒过来飞机已经开始下降。再往窗外看，北京居然是个清透的蓝天，有朵云缓缓变形，开始像林微微坚持要放进行李箱的公仔小熊，渐渐缺胳膊少腿，再后来它就散了。

任宁走出机场后抽了一支烟，冷空气和烟雾一起舒适地进入五脏六腑，出租车几乎不用排队，后座上的蓝色布罩刚刚洗过，车厢里一股柠檬洗衣粉的味道。司机听说他要去管庄，头也没有回地说："走二高速是吧？然后上朝阳北路？"他没有抱怨这一程不会超过八十块，没有偷偷摸摸地自己上了机场高速，再从五环上京通快速，绕出一个巨大的圈。

在那个时刻，北京真他妈好啊，好到他突然觉得和这个城市不熟，是北京提供了堂而皇之的理由，横亘在他和自贡酸辣羊血之间。前几天林微微对他说，成都和自贡新开通了一条高速，全程只需要两个小时。任宁想，他不过是要延迟走到高速路自贡出口的那一天，他当时没有想到，自己会在半路调头，会和酸辣羊血越走越远。

　　父母对任宁的新房子不怎么满意。他们对北京不熟，但每次从城里回来都要经过管庄，也看出来任宁越住越远，在北京住在靠近五环和靠近六环的地方，明显会对婚恋前景产生不同的影响。他们的不满意主要指向林微微，买房的时候林微微出的钱要少一点，分手后她却多分了十万。妈妈在详细询问了他们分手以及分割财产的过程后说：“我就晓得，这个幺妹心思有点深，她第一次来看我们，就给我买了条围巾，你爸就是两盒茶叶，我送她的红包里面有两千块，她倒是收得爽快得很。”任宁想为林微微辩解，比如围巾是 Burberry，茶叶是顶级大红袍，比如分手和林微微没有一毛钱关系，但不知道为什么，他什么也没说，躲藏于父母对林微微的怨言中，他觉得安心。

　　任宁在天坛遇到汪敏敏，很难相信这么巧，但发生了又不觉诧异。她也带着父母，大家都坐在祈年殿边上一家小店吃拉面，露天位置，隔着两张桌子。任宁开始不敢确定是她，他们前后见面没有超过五次，他记得她的身体多过于她的脸。风有点凉，汪敏敏穿一件卡其色风衣，三十五一碗的拉面是场灾难，她很快放下筷子四处张望，落叶在风里上下翻飞，有几个外国人还穿着短裤人字拖，小腿上飘动着长长的金色绒毛。后来终于望到了任宁这张桌子，汪敏敏愣了一下，对他点点头，任宁注意到她的脸上干干净净，眼睛因为没有画眼线小了一圈，头发用一个黑色发夹别在脑后，让她陌生的样子更加陌生。

155

只有一个任宁

任宁走过去，中间两张桌子上康师傅老坛酸菜面的味道迎面扑来，他突然后悔自己刚才吃了那碗无药可救的日式拉面，里面两朵香菇都没有熟，所谓蟹柳是百分百淀粉，还不如来一根双汇火腿肠。原来这就是后悔，原来他早就后悔了。

任宁说："敏敏，你也带着父母来玩啊？去过故宫没有？"

"去了，原来北门已经不能进了，我们绕了好大一圈从华表那个门进去。"

"是啊，我们也绕了一圈，那天人太多，霾也重，我妈在乾清宫把鞋都挤掉了，后来珍宝馆都不想进去了。"

"我们倒是去了，去故宫也就钟表馆和珍宝馆有点意思。"

话题在这里骤然干涸，蓝瓦金顶晃痛了每个人的眼睛，那种蓝色正是汪敏敏今天穿的圆头平跟鞋，林微微也有一双类似的鞋子，她用来配高腰半身裙，她个子矮，平跟鞋显得腿没有那么长，却有一种笨拙的美。有一阵风刮得猛烈，落叶飞得更高，汪敏敏转头过去，明白无疑地表示她不想再说话，任宁只好装作着急地带父母去回音壁，走之前他挣扎着最后说了一句："敏敏，我们有空打电话聊聊。"

"好的，有空再说。"

他们就这么在祈年殿走散了，任宁以为还会遇到，天坛就那么点地方，出去的时候不过是沿着外坛墙走出东门，地上是灰色石砖。下午四点半的阳光慢慢转为缠绵温柔，每个人的影子都拉得很长，路边那些明清年间就渐次种下的松柏和槐树是沉沉绿色。任宁漫不经心地指着七十二连房对父母说，看到那里没有？以前是装祭祀用品的库房，再往那边是厨房，皇帝祭天时候用的糕点就在这里做的。

妈妈站在一棵看起来并无任何特别的柏树下拍照，兴致勃勃地问："皇帝是从故宫走过来哇？怕是要走好几个小时哦？"

任宁想了想："可能要走一上午，可能早上四五点就要出发。"他拿不准皇帝是不是从故宫走到天坛来祭天，他其实根本也不知道从故宫到天坛是几公里，地图上看起来并不远，但北京就是如此，有时候从一个地方走往另一个地方，总有那么多弯路错路，有时候你要走远到不可思议的路程，才能调一个头，但是你依然不知道这个头调得是否值得。

那天回家的时候，任宁试图从天坛开到故宫，但他失败了，不知道是哪里出了错，等到他终于找到通惠河北路再走上京通快速时，已经过了七点，车流缓慢，暮色渐浓。他拿不准今晚要不要给汪敏敏打电话，他拿不准现在调头是不是来得及，这条路看起来和前一条路一样，并没有特意调头的理由，也许他不过是在同一条错路上，无终点循环。

157

只有一个任宁

5　北京　🌙🌓○○

　　任宁在温榆河边给汪敏敏打电话，他跟父母说下来买包烟，顺便在河边走走。为了显得自然，他特意说，自己吃多了就习惯去河边走走。这完全是放屁，任宁走上电梯，没忍住对住隆胸广告把这两个字说出声来：放屁。电梯门猝不及防打开，一个女人牵着一条贵宾走进来，两个字的回声仍在，女人疑惑地看着他，把狗猛拽进最里面的角落，好像这多出来的五十厘米距离能确保她和她的狗免于被电梯里的变态残忍杀害，好像一个会在电梯里自言自语的男人和一个变态杀手之间，也就低于五十厘米的距离。

　　放屁。

　　他从来没有在温榆河边散过步，虽然这条河是他买这套房子最主要的原因。看房的时候他推开窗户，窄窄河面略微污脏，却还是那样明确的一条长河，河水缓流，延续到目光不能到达的地方。对岸修了一条观赏道，路灯总是渐次坏掉，从楼上望下去，那是一个他完全陌生的北京。任宁现在走在河的另一岸，密密树林中只有一条小路，狗叫声从不确定的方位传过来，他在对狗的恐惧中拨通了汪敏敏的电话，路的尽头有火车刚好经过，车轮惨烈地碾过铁轨，好像有一万根长指甲同时划过玻璃。他没有听到接通的那一刻汪敏敏说了什么，是"你好"还是"怎么了，有事吗"，也许她什么也没有说，她沉默着等任宁说出第一句话，她知道在这个已经写糟了的故事里，沉默是唯一挽回自尊的姿态。

任宁不喜欢打电话，这一度是林微微最烦躁的事情，他从来不开启任何话题，从电话接通的第一个六十秒开始，一种即将冷场的恐慌就在两个人中间蔓延，一直蔓延到最后这成为事实，电话被负气地挂掉，每个晚上都是如此，周而复始。任宁一直没能解决谈恋爱中的冷场问题，历经几个女友依然如此，他总是太快和女人同居，因为唯有如此才能逃开那些"你在干吗呢"，以及"你为什么不理我呢"的电话和短信，每当感觉自己快被"你在干吗呢"淹没之时，任宁就会说："要不你搬来我这边吧？省一边的房租，一年下来够我们去一次欧洲。"

就是这句话，一字不差，他前后说过三次。开始他住方庄，女朋友从宣武门搬过来，刚大学毕业，两个人都没钱，坐公交车搬家，来回跑了五趟，有个编织袋在路上坏了，拉链爆开，一堆充电器电线缠缠绕绕掉了出来，不知道为什么又扯出来一对黑色长丝袜，那天晚上她穿上这双丝袜，但最后没有生效，任宁说，太累了，睡吧。

后来他住四惠东，小区就建在地铁一号线上面，他们坐在搬家公司的卡车上，地铁正好经过，全世界都在随之震动，坐边上的人紧紧拽住他的袖口，任宁想，也没什么不好，就这么着吧。当然，后来也就不好了，原因不明，每一次总是原因不明。

再后来他们都想买房，先搬到房租比较便宜的管庄，林微微有几百本书，装了七个纸箱，工人一路抱怨太重，最后一人买了包玉溪。

工人散去之后，任宁和林微微面对面坐在桌子两端，一人点一支烟，窗外银杏树影沉沉，洋槐开出白色小花，林微微的刘海湿漉漉地贴在鬓角上，说，真香啊，香得有点腻人，你说是不是。他们就在那个小区里买了房子，那七个纸箱这才打开，也就一年，又全部装了回去，幸亏纸箱没扔。再次打包的时候林微微坐在地板上，那年冬天一直没有下雪，却一直降温，小区暖气烧得不够足，林微微只穿一件蓝色薄毛衣，脖子上空空荡荡，任宁站在不远的地方想，她一定很冷。

任宁从来没有去过欧洲，唯一一次和女朋友出去旅游是带着林微微去了日本，省下来的房租和人一起不知所踪。他找不到任何一个前女友，删掉手机和电脑上的联系方式后，她们都变成不确凿的回忆，包括林微微。

去年九月他去北边开会，从清华南门走去四号线的路上经过万圣书园，想了想就进去转了一圈。林微微以前一个月总会来这里两三次，从管庄坐 731 路直接到成府路门口，全程两个小时。731 路一直走三环，马路中间的隔离带上开满了粉红粉黄的蔷薇花。林微微喜欢这些东西，两个人一起坐漫长的公交车，坐在倒数第二排，让任宁靠窗，却总是起身凑到窗前，说，看，这家意大利饭馆看起来不错，下次我们来吃吧。

有时候他们真的会来，坐一个小时 731 路，排队半小时，从前菜一路吃到甜品，买单下来六七百，他们吃得起。任宁觉得有一道密瓜配生火腿不错，但他也觉得就在楼下商场吃汉拿山其实挺好，五花肉不带皮的比较香，不用包在生菜里，烤得略微发焦，在海鲜汁里滚一滚配白饭，对任宁来说，没有一碗白饭的晚餐总是让人失落。对林微微来说，任宁没有全力配合她的公交车和密瓜生火腿，同样让人失落。任宁一直没真正明白，为什么"你在干吗呢"之后，还会有密瓜生火腿横亘在面前？接下来呢，西班牙海鲜饭和墨西哥玉米饼会不会慢吞吞地走到三环中间，对住他们冷笑？每一辆车都呼啸而过，喧嚣的东三环上听不见冷笑的回声。

那天从万圣书园回家，任宁给林微微写了封邮件。北京下了一场小雨，他们分手不到半年，上一次联系，是任宁把钱打到林微微的工行卡，她回了一个短信：谢谢。那时正是春天，虽然白茫茫的雾霾遮蔽万物，却毕竟是个春天，现在则秋日将近，窗外水声萧索，任宁当时还没有买房，三元桥的出租屋里浸出霉味，没有书桌，他蜷缩在湿润的茶几旁边，给最后一个前女友林微微写信。

微微：

今天我去了一次万圣书园，看见你老提的那套周克希版普鲁斯特已经出了第二卷《在少女花影下》，我买了一本，你把地址发我，我给你快递过去。

万圣快要搬家，不过新店也就在两百米以外，靠近我们老去取钱的那家工商银行。店里三只猫对搬家各有激烈反应，平安吃得更胖，丛花吓瘦了不少，摸上去一把骨头，小翠离家出走，据说偶尔才回来一次。

微微，希望能和你重新联系，分手了不见得能继续做朋友，但不要做陌生人，我只是想知道你现在的电话和地址。

任宁

任宁没有在信里写上，有一天他用一张报纸垫盒饭，偶然看到周克希接受采访，说他把这套大家习惯了的《追忆似水年华》翻译

成《追寻逝去的时光》，是因为普鲁斯特的原意里没有回忆，只有
寻找。他也没有写上，这半年里自己唯一一次梦到林微微，两个人
坐在一个漆黑的电影院里，他不知道为什么递给她一个蓝色气球，
说：微微，对不起，你不要难过。荧幕上在放《安妮·霍尔》，伍迪·艾
伦悠悠地说：人人都爱白雪公主，我却对恶毒的皇后一见倾心。

　　醒过来以后，任宁试图用逻辑和弗洛伊德解释这一切，比如那
天他在公司楼下遇上新店开张，促销的小姑娘一定要送给他一个气
球，那是一个红色气球，但在林微微的世界里待久了，万事万物难
免被染成蓝色。又比如前几天无聊，他看过一部伍迪·艾伦的《午
夜巴塞罗那》，海报是凡·高的《星空》，又是那么不由分说的蓝色，
也许他现在是一只训练有素的巴甫洛夫狗，听到铃声会控制不了口
水，看到蓝色会控制不了梦见林微微。

　　这么解释下来，任宁更明白这一切都不会发生，他觉得安心，
林微微没有回信，他同样觉得安心，他愿意这是一封没有回音的邮
件。任宁从来没有打开过那本《在少女花影下》，那个封面很美，
但在没有林微微的世界里，他不需要和普鲁斯特建立任何联系。

6　北 京　☽ ☾ ○ ○

　　再见到汪敏敏，已经是十月的最后一周。两边父母都回了老家，任宁有一天去钓鱼台附近见客户，枝头上银杏叶正在酝酿变色，他知道要等到十一月下旬，才有落叶飘下，所有人拿出手机，背景是含糊不明的一片金黄，这个城市最适合这一款黄色滤镜。走在没有落叶的银杏大道上，任宁突然不想再等一个月，他拿出手机，给汪敏敏发了个微信：我今天在西边办事，过一会儿接你吃饭好不好？你想吃什么？

　　汪敏敏在金融街上班，他们约好六点半，任宁六点二十五开到，汪敏敏已经站在路边，光腿穿连衣裙，裙子有点短，外面又在刮风，上车后任宁看见她大腿上爆出一颗颗鸡皮疙瘩。汪敏敏把柠檬黄色手提包放在腿上，任宁认出那是一款巴黎世家机车包。他本来不应该认识的，但几次去三里屯，林微微都特意绕去这家专卖店，指着宝蓝色那个说，以后我要买这个，我背上会很神气吧，等我们有点钱，你说好不好？

　　任宁渐渐烦躁，不明白为什么在林微微的世界里，诸多事物都要被庄严地仪式化，从去欧洲，到买一个一两万的包。那年圣诞前后他刚好去香港出差，在海港城里看到那款包，那种宝蓝在灯光下灼灼闪光，打八折，香港又没有消费税，是一个完全可以接受的数字，但不知道在跟谁赌气，他没有买下那个机车包，他最后给林微微买了手机和一堆护肤品。

林微微拿到礼物之后掩盖不住失望，任宁明白自己无聊，但他就是不想让林微微得逞，好像在这步步退败的关系里，他守住了最微不足道的一点领地。林微微后来淘宝了一个巴黎世家同款，三百块，任宁故意说，真神气，宝蓝色最衬你，我们今天要不要去吃云南菜，冷得很，想喝汽锅鸡汤。

任宁带汪敏敏去吃了云南菜，柠檬黄巴黎世家挽在手上，的确神气。这家店在友谊商店背后，黑三剁包在生菜里吃，汽锅鸡飘着一层黄油，只有香茅草烤罗非鱼水平阴晴不定，林微微以前总说，今天的罗非鱼又烤老了，肯定厨师又和女朋友吵架了。任宁不想林微微在每一个地方背后灵一般出现，就像他和林微微在一起的时候厌恶自己总是想到更前的前女友。但是没有办法，茫茫北京都是被前女友们各自占山为王过的遗迹，林微微的领地最为宽广，任宁找不到哪怕一小块无主之地留给汪敏敏。小锅米线很烫，任宁又想到林微微喜欢里面的酸菜肉哨子，有时候会问能不能加十块钱多来一份哨子。

任宁给汪敏敏盛了一小碗米线，把哨子都分给她，汪敏敏心不在焉地说了声，谢谢。她大概也沉浸在自己的遗迹里，也许她和前男友总在这家喝下午茶，他们的巧克力布朗尼甜味刚好，也许他们喜欢去再往西边走一点的玛吉阿米，有西藏姑娘每晚唱歌，给你献上粗制滥造的白色哈达。但最后她还是成功战胜了这些，就像任宁成功战胜了酸菜肉哨子，两个人吃完一大锅汽锅鸡，然后专心致志地研究甜品菜单，最后点了一份抹茶芝士，一份拿破仑蛋糕，大家都在竭尽全力地拨开历史，以免在这个城市再无立锥之地。

他们这一个月里发过不少语音微信，有时候早上醒得太早，任宁会反复听汪敏敏前一天发过来的那几条，她的声音好像故意压得很低，感冒又一直不好，给人一种下午三点她还在床上的错觉。想到汪敏敏会在床上这件事渐渐让任宁兴奋，比她真的在床上那次更加兴奋。不过任宁没有着急，他们走错了路，一路开得太远，现在还在苦苦找地方掉头。他和林微微则是另外一种，看起来一路畅行，却错过了最后一个出口，只能加速离开当下。任宁知道，自己是故意的，他明明看到路牌，却关掉车灯，把这一切归咎于黑暗，林微微当然知道这一点，所以林微微消失了。

汪敏敏还是没有对任宁解封自己的朋友圈，也许她把这件事忘记了，但是她会在微信里发来照片：她的猫。她午饭吃的日料套餐。晚上出来散步，小区里的月季开出碗大碗大的花。

那天在温榆河边，任宁一直等到火车走远之后才开始说话，汪敏敏没有挂掉电话。任宁一口气说下去，所有问号都没有留下空隙等待回答，他忽然明白林微微的烦恼，原来在沉默中提出问题是一件这样让人忐忑不安的事情。但是他必须如此，在林微微那条路上错过的出口，他要在汪敏敏这里找回来，原来所有的路最后都是同一条路，不同的是，突然有一条让你想走到终点。

任宁说："敏敏，你家里人要住多久？我爸妈过几天都走了，今天刚买了火车票。北京空气太差，他们在这里咳嗽就没停过，你说北京这空气这么下去怎么办啊，那天我们去北海划船，根本看不见白塔，迎面也没有吹来凉爽的风，闷得要命，好像立刻要下雨，又一直下不下来，北京多久没有下过雨了，上一场雨好像还是在八月底。我上个月买了空气净化器，你也买一个吧，七千多，起码心理上有点安慰。你最近怎么样，上班忙不忙，我们公司还是老样子，天天加班，有几次开车回家十二点都过了，京通快速上全是运货的大卡车，我感觉自己都有了幻觉，想一头撞上去拉倒。敏敏，中间这几个月没有和你联系，我也没什么可解释的了，开始以为我们都把这当成一次性的事情，你也知道，在北京都不知道该怎么正儿八经谈感情，好像太正经对待这件事都有点可笑。现在我想把它变成不是一次性的关系，不知道还来不来得及？敏敏，你不用着急，你可以慢慢想想，反正我也没有别的事情可以做。"

汪敏敏沉默了一会儿，然后说："前段时间我们公司被告了，一个软件被人说侵权，我忙得不得了，也是每天十二点下班，我爸妈来住了一个月，我也就陪他们出去玩了几天。平时他们就在家待着，要不就去大悦城，也不买东西，就坐那里吹免费空调。他们打算下周就回去，我明天带他们去一次南戴河，买了三天的半自助旅行团，你说现在去南戴河是不是已经太冷了？"

任宁松了一口气，说："我前两年去过，也是这个时间，有点冷，肯定没法下水，但在海边走走还是不错，有人放风筝，你爸爸要是胆子大可以坐快艇。沙滩上有渔民卖刚打上来的螃蟹，十五块一斤，螃蟹有点小，但味道是够的，母蟹满黄，你可以花点加工费，就在海边的小馆子吃，那边的蛏子和青口也肥，辣炒特别下饭。"

汪敏敏轻声说："好的，谢谢你，我先睡了，明天六点就要起床赶旅行社的大巴。"

任宁有点高兴，挂断电话后又往前走了几百米。穿过铁路，前面是一片刚刚拆迁后的废墟，这么晚了还有工人在收拾垃圾，探照灯不知道藏身在哪里，一切都是让人眩晕的白色。听说这里以后会变成一家五星级酒店，停车场直接通往地铁站，住酒店的人打开窗就能看到温榆河。但任宁不大理解，看到温榆河这件事到底有什么意义。那不过是一条丑陋的小河，大部分时候河水很浅，河岸不停下退，露出灰白色瓦砾，只有连续下几天雨，河面才有腾腾水汽，但河床垃圾翻腾上来，那股腥臭味将随着水汽穿过铁路，正好在五星级酒店的楼层间回旋。

任宁想，这真是一个狂热的城市，像自己一样狂热地抛弃过往，为一种并不见得明朗的前程。他想不通为什么通州需要五星级酒店，也想不通自己为什么突然要向汪敏敏袒露真心，如果再往前推，他其实也想不通自己为什么要和林微微分手。

他们分手的原因特别简单，她提到结婚，任宁却像从蓝色魔法世界里骤然清醒，他拒绝了："不，我不想结婚，我们这样住在一起有什么不好？为什么需要结婚？你又不打算生孩子。现在北京的房地产政策又有变化，一个家庭不是就能买一套房？不结婚我们还能存点钱在小区里再买一套房子，以后哪边的父母过来，都能住下来，一起吃饭，但是不生活在一起，这样不是很好？"

林微微没有回答这样是不是很好，但过了几天，她提出分手，在一次彼此都心不在焉的性生活之后，她穿好衣服，在床边摸到一个发夹把头发束起来，说："我们还是分手吧，大家想要的不一样，这么下去浪费彼此时间。"

任宁还是裸体，刚才没怎么努力，连汗都没有出。他在黑暗中点了一根烟，做出苦苦思索的样子，然后说："好，那这套房子卖了，我们一人分一半，卖房子前你就继续住这里，我先搬出去。我搬到三环附近，那样上班比较近。"

　　任宁知道，是自己一路隐秘地带领林微微走到这里，他精心写好剧本，引诱林微微分毫不差地说出台词。他喜欢林微微，从未厌倦她的身体，或者灵魂，他只是想抗拒那必然到来的一切，像抗拒命运。

7　北京　ᗡᗡᗢᗢ

汪敏敏只在周末和任宁见面，而且只一个晚上。周六下午，他开车去朝阳大悦城，从六七八楼中找家馆子吃饭，他们累计吃过川菜湖南菜云南菜贵州菜西北菜杭帮菜日本菜韩国菜，大部分时候是任宁买单，但有时候汪敏敏会特别坚持付账，任宁也就算了，他们不去特别贵的那几家，两个人吃一顿很少超过三百块。

汪敏敏对吃什么都没有意见，她从来没有特别强调过某家意大利或者西班牙餐馆，他们就吃大悦城，因为她就住在后面，任宁从通州开车过来也不远，他出发的时候给汪敏敏发个微信，她总是先过去，在饭馆门口取号等位。

有一家西北餐厅让人等位的时候折彩色纸鹤，十个可以换一罐酸奶，上不封顶。那天任宁在距离大悦城两百米的地方堵了四十分钟，等车位又是二十分钟，上楼看见汪敏敏，镇定地坐在一堆小孩儿中折纸鹤。他们后来换了六罐酸奶，饭桌上吃两罐，剩下四罐打包带回任宁家，半夜两个人都饿了，就在小吧台昏黄的灯光下合吃了一罐，汪敏敏吃得很甜，加了小半瓶蜂蜜进去。睡下来的时候任宁抱住她，一股槐花蜜的甜味在床上回旋，他亲了下去。

第二天起床后不久，汪敏敏就回家了，坚持不让任宁送她，坐一班直达公交车，到家后给任宁发个微信。她不会再打来电话，任宁有整个下午和晚上属于自己，什么也不做，快活得完全不需要晚饭，坐在沙发上看综艺节目，吃冰箱里的剩下的几罐酸奶，一直刷手机看微博和朋友圈，一个有性生活却无需连续两天有性生活的周末，过去得太快。

他们没有一起过圣诞节，两个人都要加班，但计划一起过三天的元旦假期，这是两个人第一次待在一起这么久，几乎和计划旅游一样慎重。还是先约在大悦城见面，汪敏敏背了个大包，里面可能有换洗内衣和化妆包，以前她总是洗过澡换好衣服再过来，浴室里只有一瓶不知道什么牌子的洗面奶，一瓶在楼下华联超市买的玉兰油面霜，任宁知道，汪敏敏仍然在和那次略微羞辱的一夜情较劲，刻意不在这套房子里留下任何代表长久的痕迹。

汪敏敏现在算是任宁的女朋友，但两个人像活在一个玻璃世界里，父母，朋友，同事，统统不存在，走在街头，北京是一座空城，别的一切都是布景，配合他们谈这场剧情毫无冲突进展的恋爱戏。他们只有平日里发的几条微信和周六的例行约会，两个人连电话都很少打，汪敏敏就像以前的任宁，总是让电话另一边的人感到紧张，担心话题无法再继续，于是话题就真的无法继续。任宁想念林微微唠唠叨叨地拉住他，说那些无关紧要的琐事，因为唯有在琐事中才能看出亲密，但他也有点兴奋，为犹疑不定的汪敏敏着迷。

他们从来没有见过任何对方的朋友，那天两个人去看《X战警》，在电影院门口汪敏敏遇到一个熟人，她稍微聊了两句，没有介绍他。任宁在不远处站着，在各类变种人的全身像纸板边上抱着一大桶爆米花，那场景本来应该尴尬，但一直到看完电影汪敏敏都若无其事，再没有提起这件事。电影节奏紧张，最后变种人回到过去，抹掉未来，历史消失了，一切从头开始。

有股气在开车回家的路上慢慢升了起来，一路上谁都没有说话，北京雾霾快一个月了，终于下起肮脏的小雨雪，挡风玻璃上溅起密密泥点，有流浪狗一路狂奔穿过马路，前头的车撕心裂肺地踩下刹车。朝阳北路从来没有显得这么长过，怎么开都开不到尽头，车内冷极了，任宁全身僵硬，几乎踩不动油门。

到家后任宁打开电视，开始看体育新闻。汪敏敏站在门口，把大衣挂在衣帽架上，但她一直没有脱掉靴子，沉默地站在玄关。过了一会儿，任宁才发现她里面穿了一件黑色小礼服裙，头发全部梳起来，戴着长长的流苏耳环。任宁软了下来，走过去拉住她的手，说："我们这三天怎么过？你穿这么漂亮不出去太可惜了。我同事今天说，国博这段时间有个展览还可以。"

汪敏敏又沉默了一会儿，最后还是换上拖鞋。他们坐在沙发上看电视，体育新闻结束了，换到一个正在放购物广告的台，卖一种价值 499 元的减肥按摩器。汪敏敏把电视开到静音，两个人只看到肥胖的年轻女人口舌乱飞，把橙色按摩器戴在腰上，她慢慢瘦下来，瘦到最后也算不上好看，只是化了浓妆，穿一条看起来格外廉价的白色雪纺连衣裙。任宁觉得空气中有一种滑稽的魔幻感，让他想抓住点什么，不像以前和林微微在一起，一切都过于脚踏实地，反而更加心虚。

汪敏敏突然说："我们要不要聊聊天？"

任宁本来在看朋友圈，立刻就放下了："好的。当然好。"

除了最开始在温榆河边打的那个电话，他们这三个月里其实没有真正聊过天，两个人似乎都是这个领域的好手，能熟练省略所有前置程序，直接进入稳定的恋爱状态。林微微不肯如此，在最终确定恋爱前，她要和任宁通宵聊天，要了解他情感生活的每一点皱褶：你第一次跟我要电话什么意思？你第一次和我拼车回去什么感觉？你是什么时候决定要追我的？如果我当时拒绝你了，你还会追我吗？你对我是不是认真的？你对我到底是不是认真的？

汪敏敏什么都不问，她不知道在跟谁比赛着成熟、懂事、讲礼貌、有理性，任宁疑心现在他要是提分手，汪敏敏会面不改色地穿上靴子，轻轻给他带上大门。外面雨渐渐停了，路旁停着闪烁红灯的黑车，她会冷静地和司机讲价：最多四十五，打表回大悦城也就三十五。

汪敏敏一直在转手上的银镯子，说："认识你的时候，我刚和前一个男朋友分手。"

她顿了顿，最后还是决心继续说下去："我和前一个男朋友谈了挺久，之前我也单身了挺久，朋友的朋友，在一个饭局上认识的……就在后海那边，吃酸汤鱼，他留意到我夹了两次鱼头，自己夹到的时候就给了我……吃完饭大家都说要划船，电瓶船开得很慢，到中间又被水草缠住了，打电话给管理处，开了个汽艇过来才把我们救出来，结果又遇到下暴雨……总之狼狈得不得了，大家都慌慌忙忙地打车走了，互相也没留电话。

过了小半个月，我下班看见他坐在路边花坛的沿上等我，拿着一口袋糖炒栗子……我也没问他怎么知道我在这里上班，反正想知道总是很容易的，只要你有这个心，是吧？我也不需要别人怎么费劲追，我们吃了几次饭，看了几场电影，你也知道，北京没多少地方可以让人约会，我们又去了后海，又是划船，又开到湖中间，他本来坐对面，突然坐到我边上来，搂着我肩膀，又把我转过去亲我……这就算在一起了。又过了一个月，我们才上床，当然我们都不是第一次，但我们其实都很紧张，你知道那种紧张吧？比一夜情紧张得多。害怕这会和一辈子有什么联系，又怕……又怕这和一辈子没有联系。

我心里是很激动的，你也知道，其实在北京不大有机会激动。我大学也失恋过一次，后来毕业了，工作上遇到的人都让人觉得，谈情说爱这件事呢，不知道为什么好像挺不好意思……但是我真想谈情说爱啊，我们又遇不到什么别的事情，除了谈情说爱，我们还有什么呢？你说是不是？

我谈恋爱特别投入。他是个建筑工程师，那段时间在昌平做项目，一直住那边的酒店里，我住在朝阳，基本就算异地恋了。我下班都六点了，还在德胜门坐 919 去看他，第二天早上五点起床往市区赶，困得连煎饼果子都吃不下，一上午要喝三杯黑咖啡，一到工作间隙就看手机，怕他给我发短信。"

任宁不知道怎么就笑了起来："原来你也会这样啊……我还以为你习惯了谈恋爱一周只见一次，我还想，很难见到女孩子这样。"

汪敏敏抬起头："但是你更吃这一套，是不是？你们这种男人……都更吃这一套，我是知道的……要是我们第一次上床后就来找你，要是我一天给你发五十条短信，你会像后来那样回头找我？其实我跟以前一样的，只是我知道你的想法，你们的想法……我毕竟也算有经验了。"

任宁沉默下来，过了一会儿才问："后来呢？"

"后来我们买了套房子，就是我现在住的这套。我家里条件还可以，没有让我们贷款，他出了装修的钱。我一直没有请你去我家住，就是因为我还没有来得及换掉一些家具和装饰品，我怕你觉得不舒服……其实我也觉得这是自作多情，我还不会让你有什么不舒服，要让一个人不舒服，也不容易，你说是不是这样？

我没想什么结婚的事情。男人以为女人就是要结婚，其实不是的，起码我不是，我只是不想再被这个问题折磨，爱情当然一直都是个问题，不解决它，好像人生其他部分也不大好正式开始……我知道他开始也是想和我就这么安定下来的，但后来他犹豫了，他没说，但是我知道他犹豫了，他也没有遇到别人，这点我是肯定的，所以他的犹豫让我更不能接受……我不停地找借口和他吵架，吵到后来就分手了，他搬出去的时候说，敏敏，对不起。我知道他为什么说对不起，他自己没勇气和我分手，我跟他这样闹到分了，我觉得啊，他松了一口气。"

电视关掉了，房间里只有几米外的一盏落地灯，四十瓦暖黄灯光，要很仔细才能看到汪敏敏落了眼泪："你说，我正儿八经地跟你聊这些，是不是显得特别可笑啊……在北京这种城市，我们这些过了三十岁的人，到底用什么方式谈恋爱才不可笑？还是说，过了一定年龄，爱情本身就会显得可笑？……我们现在这样，你是不是真的觉得很好？……你觉得跟我熟吗？为什么我觉得跟你完全不熟？……两个不熟的人，怎么就好意思谈起恋爱来了？我们……我们以后应该怎么办？"

零星烟花升腾到空中，短暂点亮了这座巨大的黑暗城市，这是新一年的北京。

8　北京 ♪♪○○

　　后来就一直是雾霾，整个城市都变成某种不确定心情的阴沉背景。任宁戴深灰色口罩开车，偶尔从后视镜里看到自己，口罩大得不能贴住脸，前面尖起来帐篷般的一块，乍一看，他并没有认出镜中有点变形的男人。任宁对此感到满意，进711买烟也不取下口罩，声音经过几层过滤后传出来，是让他感到陌生的音色，他宁愿自己活在这种声音里。

　　汪敏敏消失一个月了，他们倒真的一起过了元旦假期。第一天去国家博物馆，看到一幅黄永玉的荷花，墨色浓郁，有几点粉色花骨朵，密密荷叶里站着瘦仃仃的水鸟。汪敏敏回家后站在窗前喝茶，突然说："你知道吧，黄永玉就住在宋庄，嗒，就是往那边一直走一直走，我有个做记者的中学同学，去过他家采访，说养了几条大狼狗，院子里有一匹到腰那么高的陶瓷马。"第二天逛南锣鼓巷，买了一口袋红豆铜锣烧，六号线上人太多，任宁把汪敏敏紧紧拽在怀里，他在她的头发上呼吸，吐出浑浊白气，她则全身僵硬，挣扎着不肯彻底贴着他胸口。

第三天早上起床，汪敏敏收拾妥当，对还在床上刷手机的任宁说："我先回去了，你再睡会儿，铜锣烧用微波炉叮一下可以当早饭。"

任宁放下手机，说："要不我开车送你。"

汪敏敏把墨绿色围巾绕在脖子上，又奋力穿上没有拉链的长筒靴，说："不用了，我就去马路对面坐 675 路回去，正好去大悦城负一楼买点寿司，好久没吃了，我有点馋那家的芥末小章鱼。"

那时是上午十点，任宁在十一点半收到汪敏敏的微信："我到家了。"他回了一朵玫瑰，转头继续看球赛。铜锣烧在茶几上落下一层蛋糕屑，空气净化器从昨晚开始一直闪着红灯，墙角处的绿萝发出新叶，汪敏敏早上给它浇透了水，还有窗台上那一盆几乎蔫下去的薄荷，突然之间又挺立起来。

后来汪敏敏就消失了，任宁在三天后确认了这件事。他在办公室里刚看完一份合同，一口气把剩下半杯咖啡喝完，他突然叹口气：汪敏敏不见了，没有电话，没有微信，除此之外，其实没有任何方法可以肯定这个人曾真实存在。他打开微信，果然发现自己已经被拉黑。任宁没有拨出汪敏敏的号码，他感到这一切都合情合理，不再需要一个电话的确认。

那天晚上汪敏敏说完话之后，两个人沉默下来。冷场总是格外漫长，所以她又打开电视，购物台正在卖一种熨斗加蒸脸器，汪敏敏看了两分钟，若无其事地说："这个挺好，我倒是需要一个，才九十九。"导购小姐的音量不知道为什么越来越大，最后几乎是扯着嗓子喊出那个 800 免费电话，更显得屋子里铜墙铁壁般寂静。

任宁知道，他应该在这喧闹寂静中讲出林微微的故事，唯有林微微可以帮助他和汪敏敏跨过今天，但是他胆怯了，好像这个故事是找不到把手的滚烫熨斗，他只能与之保持距离。任宁关掉音量，说：

"这个女人说话怎么跟坏掉的收音机似的。别买了吧，九十九的蒸脸器怎么敢用。"那个晚上的话语在这里终止，他们各自洗澡，在床上熟练做爱，柠檬味沐浴露的味道在蓝色床单上升腾而起，汪敏敏压低了声音呻吟，他们开一盏床头灯，窗户玻璃上的雨水渐渐干了，留下灰色印记。一切结束之后，汪敏敏翻身睡过去。第二天一大早，她推醒任宁，说："我们今天去国博好不好？"任宁当然说好，在昨晚的沉默之后，他觉得自己必须对一切说好，但他也知道，在自己的畏缩躲闪之后，汪敏敏会是另外一个心灰意冷的林微微。

下班后任宁去了大悦城，门前的三岔路口堵死了，有三轮车灵巧地穿过缝隙，停在大悦城门口，有个姑娘从车上跳下来，穿一双雪地靴，大红色羽绒服。他突然想起有一次坐公交车堵在这里，也是一个冬天，也是黑灰色浓浓雾霾，林微微跟他说："你知道吗，大悦城可邪门了，开业就这么几年发生了好几次血案，先是有个投行的男人被一个北漂砍死在车库；后来又有天刮大风，有个人从楼上跳下，直接摔死在大厅；上个月又有个外地男人在门口拿把刀，砍死了两个路人，我在网上看到有人分析，这门口三条路正对着，在风水里这是万箭穿心。"

任宁心不在焉地说："那我们要不要换个地方吃饭？"

林微微转头看着外面："不用，我们去负一楼吃寿司，每日特价那款只要一块钱。"她穿一件大红色羽绒服，衬得面色粉红，长头发束成马尾，扎一根红色丝带，在所有可以想象的场景中，林微微都是一个合情合理的女朋友。那天的特价寿司是中华沙律，他们吃完又看了一场电影，是一部现在无论如何都回忆不起来的动作片，然后两个人坐末班公交车回家。朝阳北路那时候还在修地铁，工地里亮着探照灯，在雾中像磨砂玻璃后透出的光，万物浑浊含糊，只有林微微清清楚楚地坐在身旁，这是他的女朋友。任宁意识到他和林微微的生活不会再超出这些内容，吃饭、看电影、回家，他们唯一可能遇到的大事就是分手，所以不到一年，他们分了手，分得太温柔平和，几乎令人遗憾地辜负了这件大事。

对林微微的回忆一直持续到他在 B3 停下车，慢慢走消防楼梯上 B1 吃到寿司。汪敏敏想念的芥末小章鱼极辣，但今天的一元特价是肉松寿司。有个中年女人买了一大盘子三文鱼寿司，坐在狭小吧台上一边刷手机一边吃，一口一个，蘸大量芥末酱油。

任宁没有想到要让汪敏敏和林微微在这里相遇，对两个人的回忆拥挤在这张半米宽的吧台上，汪敏敏的驼色大衣紧紧挨着林微微的红色羽绒服，两个人都是白皮肤大眼睛，眼睫毛止不住地颤动，汪敏敏一开始神情茫然，似乎在外面冻麻了脸，后来渐渐醒转过来，和林微微一起眯眯笑，一动不动地看着任宁。他没有地方藏身，只能猛吃一口芥末，两个姑娘这才消失在强行制造的眼泪里。回家的路上还是堵，他停在万箭穿心的最中间，车子熄了火，前后左右都在摁喇叭，任宁把车内电台的声音放到最大，是一首李宗盛的《山丘》。他又突然记起在哪里看到过，李宗盛有个房子就在这附近，山城辣妹子对面，他无端端想到，如果林微微知道这件事，她不会放过山城辣妹子里的水煮鱼。但这附近有三家山城辣妹子，永远不知道谁是谁的赝品。

腊月二十六，任宁回到成都，他休了年假，努力很久才让老总签字，这两个月公司有个并购案子，所有人都在加班。有一天半夜回家，任宁看到薄荷已经彻底枯死，轻轻一碰就成为黑色粉末，他却还是没有扔掉那个蓝色粗陶花盆。花盆也是汪敏敏带过来的，上面画一只灰喜鹊，站在黑色枝头上。除了一起合作的那次，汪敏敏其实不怎么知道他的工作，当然他也不知道汪敏敏的工作，这句话放在他和林微微之间同样适用。

在同事之外，任宁想不出有任何人知道他到底在做什么。回家之前几天他去参加大学同学聚会，饭桌上每个人都询问了其他人的近况，回来的路上任宁顺路先送了两个人，他们继续汇报近况，每句话都像新闻头条，全是信息，又全是空洞。最后他终于独自开上京通快速，任宁想，其实每个人还是不知道其他人的近况。他不能对任何人讲起林微微或者汪敏敏的任何细节，她们在话语里的命运被终结于"我本来有个女朋友，但是最近分手了"，这句话重复两次，在如此这般的叙述中，汪敏敏和林微微并无区别，像一模一样的两家山城辣妹子。

离开北京那天，其实雾霾已经散了，回到成都照例是灰色天空，这让他疑心一切都是徒劳，他其实也不能接受没有雾霾的北京，太冷，太直接，走在蓝天下只觉得连自己都过于赤裸。成都的冬天总要好一点，阴阴的冷，阴阴地下雨，一切都有个回旋余地。

他父母刚搬进在华阳的新房，小区里有个池塘，养了几只黑天鹅，渐渐死到剩下最后一只，开发商物业又放了一群鸳鸯进去。他们傍晚在池塘边散步，黑天鹅缩在角落里，可以想见下面是冰冷的水，鸳鸯都上了岸，歪歪扭扭地坐在草地上。任宁的父亲是双流镇退休干部，做过镇长，后来在人大政协转了一圈后终于退了。他背着手散步，装作不在意地问任宁："你的个人问题最近有没有考虑考虑……我看你那套房子还是有点小，我和你妈在市区的那套房子反正也不住了，要不然我们卖了给你点钱，你换套大点的？"

他问得平常，甚至算得上小心翼翼，任宁既然选择春节回家，应该早做好了心理准备要应付这个问题。但不知道怎么回事，他突然被戳到痛处，痛得远远甚于和任何一个女人分手，痛得他用普通话才能自卫反击："你们烦不烦啊，能不能不要永远问这一个问题，是不是我结个婚就什么都解决了？这才腊月二十六，你们是不是要一直问到正月十五？你们的人生还有没有点别的事情？"任宁猛然意识到，他的人生其实也没有别的事情，他可能会挣到一点钱，但也挣不到太多的钱；他会有点事业，但也没有太了不起的事业。所以人生唯一的悬念只剩下婚姻，他遇到一个人，又遇到一个人，以为就快走向谜底，谁知命运制造了更多谜团，悬念始终没能解开，这是一部悬疑小说，作者对故事先是失去兴趣，继而失去控制，写来写去，濒临烂尾，一塌糊涂。

这个显而易见的事实让任宁震惊，他冲出小区，拦到一辆出租车，坐上去问司机："去自贡，多少钱？"他看到天际线上有模糊的月亮，天必然会黑尽，暗夜来临时必然有蒙蒙雾气笼罩万物，这是失去一切悬念的冬天。

9　自贡

　　林微微偶尔会对任宁说起这个城市："到处都有树，但到处也都脏，你知道那种脏吧？就是其实也看不见多少明确的垃圾，但你知道这是脏的，走在外面能感觉到头发在一点点变油，地上有灰扑上来，夏天穿凉鞋，每到一个卫生间都想冲冲脚。每条路上都有人卖凉皮，我想不通这件事，怎么有那么多人吃凉皮，为什么吃肥肠面的人没有这么多，肥肠面有什么不好？走很久才可以找到一家店卖袜子，所以我每次回家都提醒自己带够袜子，要是冬天回去，袜子总是不干的，得搭在炊壶上炕半个小时。到处都在建房子，第一年回去时，工地上有个大坑，第二年再回去时，楼就封了顶，大部分修成了那种欧式风格，暖黄色砖墙，门口保安亭都有罗马柱，小区起'塞纳河畔'和'左岸'这种名字，但是呢，小区名字又是拼音，s-ai sai n-a na。以前最大的超市叫摩尔玛，真的，摩尔玛，MALL-MART，后来才有了真的沃尔玛。"林微微说到这里，一个人笑起来，又突然失去兴致，没头没尾地翻开书。

过了一会儿她又说："我爸妈住的那个小区有点旧了，当年买的时候才七百多一平方，现在怕也要三千五。我妈从厨房那里开了个后门，小区后面的院子就算我们自己家的了，他们也没打理，从后门出小区还要踩一路泥，所以后门其实也没有用，他们就是看隔壁都占了院子，没法接受自己没占到便宜的事实。后院里就是种树，枇杷真的能结果，有棵榕树长出了须根，感觉再这么下去要变成小鸟天堂。树把光全遮了，房间里特别暗，冬天要是家里没人，很容易一觉睡到下午。再往后面走，有一个废弃的厂房，好像原来是个干面厂，有些设备都还在里面，连偷破铜烂铁卖的人都把这里忘了，我见过里面有一窝刺猬。以前我有个男朋友也是自贡人，他爱拍照，有部徕卡 M5，总拉我去那边拍，我就穿着短裤汗衫过去，摇一把蒲扇，蚊子太凶了，我一直跺脚，所以每张照片里的脚都是虚的。"

林微微不显眼地停顿了一下，但任宁没有对"以前我有个男朋友"表示出任何兴趣，她只好又说下去："后来那些照片都调成黑白，看起来也算是艺术照，就是把我的塑料拖鞋都拍出来了。"

任宁必须得说点什么，他苦苦思索了半分钟，终于回忆起中学课本："自贡产盐是吧？好像还有花灯，哦对了，那个保路运动是不是也在你们那边？"林微微一时间不知道怎么继续，还好手里依然有本书，那是有个同事借给她的言情小说，她若无其事地对任宁说，小说里的姑娘会一招叫"倾情一吻全家死"，但是没有披露技术细节。后来他们顺理成章地开始接吻，在一个闷热而空调坏掉的夏天，任宁吻住那些关于自贡的零星句子，林微微试图交出自己更多的期望，他们倾情一吻，然后上了床，汗水打湿床单，结束的时候狂风吹打窗棂，北京终于下了一场大雨。回忆开始出现岔路，似乎和汪敏敏也有过类似的夜晚，在一场做爱结束后听见激烈的雨声，空气骤然清凉。但那应该不是在一个夏天，他们在一起的时候秋色萧索，第二次约会走在温榆河边寒风追人，浓浓煤烟味儿的冬天到了。

　　任宁在车上想到这些，发现分手之后，他比两人在一起时更常想到林微微和汪敏敏，又想到汪敏敏从来没有讲过自己是哪里人，除了那唯一一次谈到"以前我有个男朋友"。她好像下定决心要隐藏踪迹，当然如果任宁真的对她有好奇心，其实并不难一路往下推理：她说话有一点南方人的翘舌头，L 和 N 分不大清，有一次在车上看到路边有一家"牛姥姥牛奶酪"，她嗫了一会儿不敢读出口，任宁假装嘲笑，她假装生气，那是他们难得几乎算得上调情的时刻。有几天北京极冷，他们从外面回家，她把冰冷的手贴在暖气片上说："其实也还好，我们老家的冬天更冷，没暖气，路上有一层冰凌，以前没空调，在家里也穿好羽绒服，一大家人吃年夜饭，八个人的位置只能坐六个人。夏天呢，连续一个月都是四十度，电视台没有新闻做，就在马路上煎牛排。"但他没有拣起这些蛛丝马迹，他满足于这段明知道被精心写好剧本的恋爱关系，不肯临场发挥哪怕一句台词，生怕被带往意料之外的结局。

　　司机下错了高速口，被导航带到黑漆漆的乡村路上，车头大灯照出前方的绿色标志，显示这里限速二十公里。司机骂了几句"狗日的哈PI交警，爬过去都不止二十"，然后奋力把车降速到三十，他们一直没有看到限速解除的标志，所以就以每小时三十公里的速度开到市区，让沿途经过的一切都像慢镜头前进。渐渐有了路灯，照出路旁油绿的柚子树，骑摩托车的一家三口，孩子装在女人的背篓里，边上有一只慢吞吞过马路的小母鸡。任宁恐慌起来，忘记自己为什么来到这里。

　　到达灯火通明的地方也就不到十点，一家大超市正在关门，卷帘门拉下来一半，门口长椅上坐着穿得鼓鼓囊囊的老人，巨大的蓝色招牌上分两排写着"MALL-MART 摩尔玛超市"。招牌边上有一家凉皮摊，他下车，付给司机六百五十块，又坐下来叫了一碗凉皮，冷气滑进羽绒服，他隐约渴望一碗撒了大量香菜的肥肠面，但他总是习惯于逃避麻烦，习惯于接受那些摆在眼前的东西。等他吃完凉皮，冲进摩尔玛，问收银处的中年大妈："能不能等我两分钟？我就进去拿几双袜子。"

　　任宁买了十双袜子，穿一双扔一双。他在自贡过大年三十，住在一家假日酒店里，四星级，豪华大床房二九九每晚，前台的姑娘对他说："先生是外地人吧，这是水景房呢，推开窗就是我们自贡的釜溪河。"任宁推开窗，河水浑浊，漫过岸边大树，有男人穿黑色长筒胶鞋站在河岸上钓鱼。

　　所有能去的地方都去过了，燊海井里有几口大锅熬着滚烫的卤水，他在门口纪念品商店买了一瓶柠檬味的沐浴盐。有本书上面全是自贡各地的对联，翻开看到有一联是"王不出头谁作主，么（幺）添一点自然公"，任宁犹豫了一下也买下来，他还是无端端觉得，林微微会喜欢这种东西，回到宾馆又后悔，五百页的书，他连包都没有带，只能装在摩尔玛的塑料袋里。尖山水库是一个乏味的巨大池塘，边上一圈农家乐，每家都卖烤全羊和烤全兔，院子里坐满了打麻将的人，天冷而僵，男人女人都戴那种露出手指头的毛线手套，在机麻洗牌的短暂时间里抱住玻璃杯暖手，冷成这样还是人人都在勇敢地嗑瓜子，皮鞋踩在水泥地上会有落叶般的沙沙声。

任宁随便找了一家吃烤全兔，加了太多海椒面和孜然，辣到不能入口。还有一天去仙市古镇，坐破旧的中巴车往返，因为下雨没人肯开窗，车里有一笼母鸭，鸭屎味慢慢变得浓郁起来，边上穿着黑色皮夹克的年轻男人好像还不甘心，开始吃一个水煮鸡蛋。任宁在仙市来回走了半个小时，又坐中巴车回到市区，上车前买了一口袋蜜柑，想用柑子皮抵御那可能出现的鸭屎和水煮鸡蛋的味道，但是没有，这班车空空落落，前头坐了一个卖菜的年轻女人，长相俏丽，短发烫出一个个小卷，她的背篼里满满都是碧绿儿菜，任宁来不及组织出愉快的心情迎接这些，宁愿回到来程那趟腥臭的中巴车，这样他起码有所准备，他总是害怕没有准备。

大年三十，任宁睡到傍晚才起床，同心路上的饭馆关了一半，他用手机查到了这条美食街，几天里累计吃过黄鳝火锅、蹄花儿汤、水煮青蛙和鸡汤稀饭，现在他坐在一家没有名目的餐馆里，大厅里只有一桌客人。出来吃年夜饭的家庭总像气鼓鼓地刚吵完架，也不点酒，一桌人闷头吃菜，一大盘烧什锦看着已经见底，留下几片打底的莴笋片。有个穿红棉袄的小姑娘扯着嗓子哭，声音尖利，像失败的小提琴演奏，但所有人还是继续吃，筷子纷纷投向刚上的酸萝卜老鸭汤，没有任何一个人对那不可忽视的哭声表示异议。

任宁坐在边上那桌看了一会儿，越来越疑心只有自己能看到那个小姑娘，疑心这个林微微的城市给了他并不信任的灵通。林微微相信这些，有一次半夜拼命摇醒他，说："有个女人盯着我，就站在门口。"过了一会儿又说："她走了，你睡吧。"第二天早上起床林微微说："昨晚那个女人，其实没有恶意的，她就是路过。"任宁想，如果当时就知道林微微是个这样难以定义的麻烦姑娘，他不见得会在麻辣香锅店门口要她的电话，即使她有漂亮小腿和细细脚踝。任宁渐渐有点了解自己，他太怕麻烦，但在太不麻烦的人那里，他又不再能收获到任何乐趣。

吃完饭已经过了八点，春节联欢晚会正在上第一个独唱，不认识的民族唱法女歌手穿着层层叠叠的蛋糕裙，任宁站在路边小杂货店的电视前看了一会儿，买了一包烟，决定去看自贡的灯会。

林微微讲过这件事："灯会吗？灯会还可以，湖里每年都有一组八仙过海，何仙姑的脸你不要仔细看，不然会被吓到，山上有几条小瓷碗扎成的龙，还有个闪黄光的宝塔，好像每年也就是这些大灯组。有一年我看到湖里还有一组哈利·波特，是魔法石那一部里他们最后过关的那个场景，连罗恩的雀斑和赫敏的龅牙都做出来了，你也不能说不像，但看到何仙姑和哈利·波特靠在一块儿，就总是有点想笑。"她好像回忆起那个场景，笑了一会儿，又说："岸上和湖心亭之间的那条走廊上总是挂着灯谜的，猜中五个可以换一管牙膏，有一年我拿了五管佳洁士回去，那年我猜中一个连我爸都夸奖的，元前明后，打《水浒传》人名，说出来其实也很简单，宋清嘛。"任宁努力了许久，终于想起宋清是谁："铁扇子是吧，宋江的弟弟，你对《水浒》还真熟。"

今年湖里还是八仙过海，任宁仔细看了何仙姑的脸，对自己没有被吓到感到失望，何仙姑眉毛太粗，红嘴唇溢出嘴角，但她依然是个美女，顶两个巨大发髻，蓝色轻纱做成长裙，肩膀上扛着几片荷花。湖中长廊上稀稀落落地挂着灯谜，大部分红纸条已经被撕掉，每个人都不可思议地博学，然后用它换成几管佳洁士亮齿白。任宁看了一会儿，终于猜出来一条，"两眼如灯盏，一尾如只钉。半天云里过，湖面过光阴"，他对得奖处的老头说："这是蜻蜓？"老头正在用手机看小说，不耐烦地回答："五个，五个才能换牙膏。"

任宁两手空空走出长廊，他反反复复看何仙姑的脸，想在上面找出一点点唯有在这个城市才能获得的暗示，但是没有。何仙姑飘在荷花瓣上，身边有一只僵硬的仙鹤，将飞未飞。白色灯管有太灼人的光，他看了一会儿觉得眼睛酸痛，就低下头拿出手机，拨出汪敏敏的电话。他在林微微的城市里住了四天，猜出关于汪敏敏的种种谜底，原来那些谜面设置得如此简单容易，像一张沾上水汽的薄薄宣纸，笼罩万般想象，其实一指头戳过去就抵达现实。

电话响了十几声才被接起来，汪敏敏没说话，任宁就一口气往下说："敏敏，浙江今年冷不冷？四川今年冷得要命，在屋子里坐一会儿手脚就都冷木了，真想念北京的暖气啊，用空调也不舒服，吹一下午喉咙都干哑了，你听我的声音，是不是有点哑？你什么时候回北京？我打算过了初三就回去，我年前休了假，初八必须开始上班。你买好机票告诉我，我开车来机场接你。对了，你是不是北京户口？我的户口倒是在北京，你这次回来记得把户口簿拿上，我们等过了元宵就去领结婚证好不好？我给你买了个戒指，钻石有点小，但我觉得很配你。"

对方挂断了电话，手机冰凉，任宁哈出热气暖暖手。他不着急，他会再给她打电话，然后买个戒指，选一颗小小钻石。他分外笃定，以为自己解开了其实并不存在的谜题。他当然又想到林微微，想到是她为自己铺好这条通往谜底的道路，却消失在某道归咎于命运的谜题里，她是个伟大的前女友。任宁在出租车上翻出与何仙姑的合影，突然疑惑起来，拿不准是不是每一个前女友都这样伟大。

第四部

林微微和我

1　纽　约　◗◗●●

万圣节下午，林微微收到 L&K 律所的 offer。她银行卡里还有两千美元，没有信用卡，马上就快交不上十一月的房租，正在徒劳地省钱，不再喝果汁牛奶，蔬菜只吃六毛九一磅的上海青，出门前才万分珍惜地用一点防晒霜和粉底液。但不知道为什么，在决定参加哥大中国学生联合会的万圣节派对之后，林微微花五十美元在 eBay 上买了一套装备。

衣服寄过来那天，楼上的墨西哥人正好搬家出去，她站在门廊里，从巨大的纸箱中拿出那套兔子装，墨西哥人坐在另外一堆巨大纸箱上，等待搬家公司的卡车。马路对面是一个从林微微住过来时就存在的工地，一年过后毫无进展，工人们坐在台阶上喝下午茶。

不过是下午四点，天已经几乎黑尽了，风越发激烈地酝酿着一场冻雨，路旁槭树叶子艳红，却开始凋落，林微微和墨西哥人隔着五米的距离，中间有一把房东留下的扫帚，两个人都没有说话。她其实想问问那些震动天花板的女人们的下落，其中有一个胖得几乎算美，上楼前还在窗户外对林微微挥挥手，这么微小的动作也能让她的胸剧烈晃动。她戴一对铃铛耳环，林微微听了大半夜叮叮当当的声音。大家有过这么多历史，她最后只是跟他说：good luck。他说，you too。搬家公司的车终于到了，她眼睁睁看着它吞下一切：纸箱，沙发，床垫，电视机，二百五十磅的中年单身墨西哥男人，穿一件脏得不敢细看的姜黄色皮夹克，然后消失在broadway路口。

　　L&K提供了八万美元的起薪，年终bonus另算。刚收到信时，林微微的心怦怦跳，在房间里绕了两圈后，穿上鞋站在闵之鄙视过的那张暗红色沙发上，过了两分钟不知道自己在干什么，又下来了，抖了抖沙发布。一个人生活久了，所有情绪都像被装进了磨砂玻璃杯，看得见，却总是不够明确。关上邮件后她开始换衣服，其实可以到了哥大再换，不知道为什么她愿意以一只灰色胖兔子，而不是林微微走在街上。

　　在R线上她遇到超人、猫女和骷髅架子，猫女太胖，黑色眼罩几乎扣不上耳朵，一号线上一个很老的哈利·波特坐在她旁边，对面是杰克船长拿着kindle在读书。最后她和蝙蝠侠一起走进开派对的大教室，蝙蝠侠大概有一七五公分，衣服紧紧地绷在身上，起码有四块腹肌显露出形状，胸肌鼓鼓，让人害羞。

　　一股茴香饺子味在房间里回旋，混杂着台湾学生带过来的金门高粱酒。林微微拿了一纸盘饺子，加入她在哥大的LLM同学组成的小圆圈，林微微经常忘记这一点，她在纽约其实有同学，并不是彻头彻尾孤身一人，她只是孤身一人住在遥远的皇后区，很少参加他们的聚会，微信群里她几乎没有说过话，但也一直没有退群，她喜欢在睡前打开消息通知，让提醒声在房间里热闹地响一会儿。

有个从北京过来的大学副教授刚开始明显对她有意，时常开个小窗和她私聊，但他也不过就是一般意义上的有意，并没有强烈到可以从曼哈顿一路蔓延至皇后区。他们吃过两顿饭，选在两人见面都方便的中城，吃完饭后找了一家电影院看电影。他和人合租，不好邀请她去他家，又提不起兴趣往返两个小时送她回家，于是也就无以为继。微信群里渐渐把他和另外一个女同学的玩笑开成现实，他们后来住在一起，就在110街。

林微微并不觉得遗憾，这样的男人是很多的，即使闵之那样的男人，也是很多的。至于任宁，更不过是她待他不同，所以他才不同而已。她为之黯然神伤的，并不是这些男人，只是自己那些曾经燃烧过的热情。

蝙蝠侠拿着一杯红酒加入他们，有人介绍说："这是我大学同学，周明非，NYU的JD，我把他叫过来玩。"周明非举起杯子潦草地和每个人打招呼，问了所有人的名字，最后对林微微说："你尾巴掉了。"

体积太庞大，林微微努力了一会儿才成功转过头去检查，尾巴的确掉了，她焦虑了几秒钟，这样再上eBay可能就只能卖三十块，但她想到自己很快要拿到的年薪，觉得自己必须摆脱为损失二十美元而焦虑的条件反射，于是对周明非说："还真是，胖到一定程度，果然每个部位感觉都很迟钝啊。"

周明非暧昧地接话："还好，兔子挺胖的，你不是。"

小圆圈里短暂沉默了一会儿，都不知道怎么应对这样公开的调情。他们本来也没有太多话说，每天在微信群里发几百条信息，事无巨细地发上自己的一日三餐，面对面的时候却总是濒临冷场，又不停地组织聚会去制造更多冷场。一半人开始低头吃饺子，茴香和韭菜味道浓郁，让场面更有含混不明的尴尬；另一半人拿出手机，开始在另外的群里发食物、表情，以及语气助词。最后，每个人都意识到这样不对，开始一一汇报工作，最好的几个人进了 SKADDEN ARPS 和 DAVIS PORK，第一年的年薪大概是十六万美元。

　　副教授自然是要回国，现在国内升正教授需要有在国外一年的访学经历，他就多待了几个月，考 BAR 和环游美国，刚从圣地亚哥回来，晒得漆黑。林微微仔细看了他两眼，这个在日式拉面馆里试图用笨拙的语言和自己调情的男人，长得周正而没有任何特点，在万圣节依然穿着整套灰色西装，戴一根深蓝色领带，林微微没有把握能在大街上认出他。他在这边的女朋友，今天穿了一件紫色蕾丝修身旗袍，起码十五厘米的同色高跟鞋，头发梳成包包头，红唇，脸刷得惨白，戴珍珠耳环，大概是想扮成宋美龄。她拿了一个苹果挞，说："我？我要去耶鲁读 SJD。"没有人问他们两个人的安排，他们是不是一起去了加勒比海，这种故事的结尾不能让任何人吃惊，包括他们自己。

　　林微微的 L&K offer 混在这些消息中，没能引发什么讨论，这是一个中等律所，只能提供中等收入，可以让她搬到曼哈顿，在还不错的地段租一个不怎么样的小房子，买几个中等价位的包，林微微是个哪里都中等的姑娘，现在不过混了一个中等前程。林微微无端端想到去年看的那本《终结的感觉》，里面说，中等就好。

派对结束时也就十一点，每个人都明显松了一口气，林微微把兔子头套摘下来，整理了一下被汗水濡湿的头发，慢慢往外走，别的人大都住在学校附近，只有她需要再坐一个小时地铁。走到阿姆斯特朗大街，她犹豫要不要去路边餐车买一个肉夹馍，有个中国男人追上她，说："喂，你叫什么来着？"

林微微看着他，一个中等男人，除此之外也说不出更多评语。他指指手里装着衣服的大纸袋，说："蝙蝠侠，周明非。"

林微微"哦"了一声，连忙道歉："不好意思不好意思，脱了衣服没认出来。"她知道这句话会指向暧昧的地方，但她就是忍不住把它说出来，想看看到底会把他们引向哪里。

周明非愣了愣，没有搭话，从纸袋里拿出一团灰色毛球，说："喏，你的尾巴，刚才没好意思给你。"

其实刚才没有任何不好意思。林微微知道，他留住这个兔子尾巴，和自己故意说出调情的话语，都是出于一种好奇心，想知道他们会怎样应付这场赤裸的相遇。

1　自　贡

　　腊月二十八我就看了灯会，被王艳拉去，他们单位发了四张票，普通员工其实只有一张，但王艳毕竟是副局长，她不由分说给我定在了腊月二十八，四个人。

　　王艳总有一种不由分说的热情，她拉我逛商场、做按摩、跟着她家的车去农村采摘樱桃，参加我已经十几年没有参加过的中学同学聚会。我对大部分安排都感到无聊，但又渐渐依赖她做出的一切安排，以说服自己在自贡并不是孤身一人。我从北京回到这里，卖掉一套房子，每天为司法局写狗屎通稿，拿一张自己都不忍心细看的工资单，我不可能也不能再是孤身一人。

　　同学会有一套固定流程，先去同心路吃饭，然后在边上的"英皇KTV"唱歌，KTV里伴音和麦克风都开到最大，即使扯着嗓子也不可能听到别人的话，所以除了唱歌的人，大家都在如释重负地刷手机。天花板上有八十年代风格的旋转彩球灯，在每个人脸上旋出幻影。

在自贡的几个同学每次都来，请那一两个从外地回家的人，大概是第三次到英皇的时候，我猛然意识到现在我属于第一种人，我可能会永远在这里，和人 AA 付款，迎接那些偶尔回家的同学，介绍哪家的鳝鱼没有放血，哪家的鲜鹅肠真的是生抠，听他们虚情假意，羡慕自贡房价没有超过四千一平米。

这个发现让我震惊。那天我走得早，先掏出一百五十块给王艳，让她等会儿替我交份子钱，走出 KTV 包厢时还有人在声嘶力竭地唱张宇的歌。外面刚下过一场急雨，马路泥泞潮湿，我穿一条扫在路面上的深灰色羊绒阔腿裤，从同心路走到光大街，那条路修了多年却始终没有修好，鞋跟几次陷进路面裂缝中，我奋力把鞋拔出来，看到裤脚上糊满黑泥。

路旁杂货店门口有人搭了一张木板，三个人坐在极矮的小板凳上斗地主，又有老太婆在屋檐下卖最后一篮子红橘，用干瘪声音吆喝："十块钱全部拿走。十块钱全部拿走。"这些不知道在配合什么戏码的背景让我疑惑，觉得它们不可能真的发生。最后我买下那些橘子，打到出租车回家，一次滚烫的热水澡和一碗回锅肉面就让我消化一切。我参加了下一次的同学聚会，穿着那条在小区洗衣店里花八块钱干洗的阔腿裤，配上新买的蓝色羊绒大衣，发现并不用费什么劲，我就跟上了每个人的话题。

我们约七点在彩灯公园的正门等，在我的坚持下各自吃完饭再过去。我六点五十到，已经看到三个人站在门口，王艳和她老公李辉，以及另外一个男人。我已经猜到会有另外一个男人，所以我坚持不一起吃晚饭，怕这场赤裸的相亲拉得过于漫长，但我也没有拒绝这件事，反正它迟早会发生。

趁着王艳还没有看见我，我偷看了那个男人几眼，今年腊月间本来暖和到近乎于热，昨天却陡然降温，天色阴沉，迟迟没有下雨。他好像跟着天气一起摇摆不定，穿一件略显单薄的咖啡色夹克，却围着厚厚灰色围巾，中等身高，侧脸看过去中等容貌，一个中等男人。几分钟后，我知道他叫潘有光，三十六岁，四川理工学院的物理系副教授，江苏南通人，他用普通话说"你好"的时候露出两个深深酒窝，我想，王艳也算是尽了力。

灯会也就是那个样子，进门的斜坡上空拉起一张线网，网拉得不够高，几百个红灯笼垂在头顶，王艳和李辉当然走在前面，潘有光和我先互相汇报了一下家庭住址和毕业院校，又加上微信，然后沉默下来，一起走过一条蜿蜒几十米的白蛇灯，因为今年是蛇年。快走到尽头的时候潘有光突然说："你说，前面会不会有个电视在放《新白娘子传奇》？"

我被他提起了好奇心，走快了一点，发现尽头处也就是一个巨大的白蛇头，可以左右摇摆，闪着五色彩灯，蛇头做得很粗糙，一双眼睛仔细看过去是斗鸡眼，边上摆了个摊子，在卖蛇胆酒。我跟潘有光说："这个灯组的创意没做好，是该有个赵雅芝的人像在这里，背景音乐放成《千年等一回》，最后花了十块钱喝一杯雄黄酒，你信不信大家都要去喝。"

潘有光笑了，又没头没脑地说："我今年本命年。"

我说："哦，那你要穿一年红内裤。"

他停了下来，好像犹豫着要跟我说什么。前头王艳拼命挥手叫我们过去，走到跟前她说："走，我们买好票了，这里有企鹅看，哎呀我还没有看过企鹅。"

也不知道灯会怎么会配备企鹅，但我们都进了一个临时搭的帐篷，墙角空调开着强劲冷风，帐篷里围了一个栅栏，大概有二十个人站在栅栏边，大家都拿出手机，我们走过去一看，栅栏里真有一只企鹅，就那么一只，站在一个巨大的蓝色塑料充气澡盆边上，澡盆里浮着冰块。企鹅很脏，肚皮上有黑黑的污渍，又几乎不动，我疑心它要死了。我们四个人以各种两两组合在企鹅边合影，我和潘有光那张隔得有点远，企鹅又拍虚了，但周围还有人等着拍照，我们不好意思再拍一张，也就出去了。

后来就是在湖边看了一会儿八仙过海，潘有光博士毕业后已经在自贡待了七八年，何仙姑再也不能让他振奋。大家开始往外走，我和潘有光又被故意落在后面，晚饭都吃得潦草，我们各自买了点小吃，他拿着十串烤羊肉，却一直没开始吃，看我吃完几根麻花，又咬下一个糖蝴蝶的翅膀，用普通话说："你们自贡的灯会为什么年年都有八仙过海？为什么不是年年都有《西游记》和《红楼梦》？"

我想了想，说："不知道，其实我也是去年才回来，我十八岁去北京读书后就一直在北京，我觉得我对自贡不熟，不过我对北京也不熟。你知道北京多大吧？我住在东边，去一次北边感觉像出国。"

他问我："你为什么从北京回来？他们说你以前是律师，

挣很多钱。"

我又想了想，跟他说了实话："我失恋了，觉得回来比较安全。我以前也没有挣很多，在一个很小的律所里做业务，是最底层的小律师，如果真的挣很多，可能我就不回来了，再失恋再不安全都不回来了。"

他没问我怎么失恋的，只是说："王艳跟你说了没有，我离过一次婚……三年前离的，前妻也是我们学校的老师，教英语的，有时候还会遇上，我们没有小孩。"

我也问他："你不是在川大读的博士，为什么要到自贡来？"

他说："我前妻，当时是我女朋友，找了这里的工作，她是自贡人，我就跟着来了。"他顿了顿，大概怕我把他误会成过于情深意重，又说："而且理工学院那时刚升成本科院校，我的文凭在川大不好留下来，但来这里很容易升副教授，我明年就会升教授了。"

我也又说了一句："我也不只是因为失恋，我在北京住得离市区很远，每天上班要转两次地铁，你在网上见过北京地铁的照片吧，我每天就那么过的，在自贡有在自贡的好处，房价是真的便宜。"

他重复了一遍："是啊，在自贡有在自贡的好处，这里女孩子长得漂亮，皮肤又好。"

他故意看看我，我只好说："谢谢。"

我们又沉默下来。王艳和李辉在前面大声说他们要去一下公共厕所，让我们先出了大门等，在大门口潘有光带我走到一处黑暗的地方，他拿出手机，打开上面的手电筒软件，然后毫无征兆地把手伸进牛仔裤裤头，往外拽出一点内裤边，对我说："红内裤，我离婚那年就穿上了，穿了三年，都说能抵霉运，你说到底有没有用。"

王艳他们已经出来了，潘有光若无其事地把手机屏幕关上，对我说："我去开车。"我站在风口，看到一辆蓝色福克斯慢慢过来，它碾过地上树枝，发出凄楚闷响，车灯照出白蛇一般蜿蜒的光。我格外清晰地知道，以后我会经常坐上这辆车，我突然想到闵之那辆银色宝来，两个什么都没有发生过的人之间，却也是如此清晰地发生过一点什么。

2　纽　约　)) ● ●

　　林微微考虑了一周要不要搬家，她在 L&K 已经上了一个
月班，assistant solicitor 的每周工作时间超过七十五个小时。
律所在第三大道 12 街，晚上十二点后坐 R 线回家，车厢里有
流浪汉脱掉鞋子睡觉，气味太过复杂浓厚，她有两次都几乎
吐了，无端端想到前几天看的一部电影 *Frances Ha*。

　　电影里 Frances 把半个屁股露出来往铁轨上撒尿，她的
朋友在边上提醒她，不要尿在第三条铁轨上，因为那里有电。
林微微觉得唯有撒尿能报复那些流浪汉，但她不敢公开露出
屁股，她怕冷，也怕触电，她在哪里都是个软弱的人，在北
京无以报复那些在一号线上吃了韭菜包子还打嗝的国贸白领，
在纽约无以报复臭到超出想象的流浪汉。

　　她现在住的区离黑人区也很近，到家那一站走出闸门，
男人们脱了裤子靠在墙壁上享受口交，空气中有股浑浊的精
液味，有个黑胖子渐渐认识了她，每次都用高潮将来未来时
的表情和她打招呼，林微微不怕他们，但总觉得现在自己不

属于这里，每个人都有适合的邮政编码，以前她适合皇后区，现在她适合曼哈顿。

她想到飓风来的时候闵之过来，第一天她就看出他对一切都感到诧异：破旧的沙发，沙发上可笑的印度纱丽。天花板垂下一个灯泡都不能亮的水晶灯。后院里生锈的铁栅栏。一地落叶和鸟粪。卫生间暖气管上爬过蟑螂。他忍了好几天，终于问她为什么要住在这里，一个年轻姑娘，住在皇后区，邻居是偷渡的福建人，再往下走两个街口就有黑人站在路边抽大麻，前段时间有一个轰动纽约的连环杀手案就发生在这个社区。那时候林微微有一种奇异的自尊心，她硬邦邦回答闵之，她就是要住在这里，她不想跟人合租，她愿意一个人在皇后区住巨大的一百平方米，她不需要跟任何邻居交往，她也不怕任何邻居。飓风过境之后，林微微和闵之再也没有联系，她留着两个人往来的几封邮件，没有删掉他的联系方式，那样似乎太过郑重其事，他们的关系配不上这种郑重其事。和任宁分手她可以来到纽约，和闵之再无联系，也只是再无联系而已。

有时候她会想到这一年中唯一的一次性生活，其实是两次，同一个晚上，第二次比第一次敷衍，大家都心不在焉，却有一种意外的温柔，因为陌生人之间不会敷衍。她想到闵之面对要不要和她有一段 relationship 时的犹豫不决，这种犹豫比彻底排斥和她有 relationship 更让她伤心。就像任宁如果从来没有想过和她结婚，那最后他不和她结婚，就没有那样让人难以接受，他们都以为她对于被看成一夜情对象这件事而感到羞辱，不知道其实她最感到羞辱的，是对方拿不准把她看成什么。

林微微愿意自己总是站在界限分明的区域里：一夜情，不会结婚的女朋友，会结婚的女朋友。她同意任何一种划分，她只是不想站在含糊不明的交叉线上。林微微从不把对方放在交叉线上，任宁是会结婚的男朋友，闵之本来还算是愉快的一夜情，如果他愿意也可以是不会结婚的男朋友。

周明非是还没有下定的决心，她想等着看看对方的决心。

周明非在一个周日陪着她去下城看房子，他自己就住在第4街。万圣节那天晚上他把林微微带到东村的VESELKA，这家乌克兰餐厅二十四小时营业，两个人合吃了一盘乌克兰饺子，蘸酸奶油，又各吃了几个肉丸子，配蘑菇汁。两个人第一次见面，能聊的话无非那些，为什么来纽约，会不会回去，住在哪里，平时都自己做饭吗，唐人街有一家小馆子的腊肠炒饭好极了你知不知道，看过哪些百老汇音乐剧，《妈妈咪呀》真是吵，《芝加哥》非常好你觉不觉得。

吃完走到地铁口，周明非犹犹豫豫地说："我就住在第4街，我走回去，你要不要去我家看看？我一个人住。"他邀请她，但没有太迫切地邀请，林微微还是穿着兔子装，他可能也不大敢带着她走进公寓大厅。林微微选择回家，她那天没有穿合适的内衣，戴了一天毛绒绒的头套，头发全部塌下来，更重要的是她觉得周明非不错，所以她想看看他们之间到底会发生什么，她好奇自己会把周明非放在哪个区域里，她也想知道他会把自己放在哪里。林微微觉得累，又有点兴奋，像两个无聊的人对打麻将，明知道就那么多张牌，不是在你手里就是在我手里，却还是沉迷于这个谜题，希望这场牌局一直持续下去。

那天林微微费了一点劲才把自己挤进地铁闸口，后来又挤出来，没有看见黑胖子，地铁站里还是有股精液味，夹杂着万圣节的糖果香。出地面的台阶上有人坐着接吻，两个男人，都有点脏，却尽力穿戴整齐，他们温柔地接吻，只是嘴唇碰到嘴唇。林微微走过才发现其中一个就是那个黑胖子，他没有脱下裤子，也没有濒临高潮，他遇到一个愿意和他打对手麻将的人，在恶灵来袭的万圣节，他收到一袋甜蜜的糖。

林微微睡觉前看到周明非给她发的微信，问她有没有到家，她没有回。后来他们就每天发微信，聊那些完全不重要的事情，像一箱子在万圣节没有准时抵达的糖。

看的房子就在东村，第 D 大道，再走几分钟就是海边，开间月租二千八，房间里新铺了木地板，有冰箱和烤箱，大落地窗朝西南，在七楼，穿过高楼缝隙可以望见一线海景。周明非说："这个价格在东村算是便宜，我的那套一室一厅，要三千三。"林微微当天就把房子租下来了，她拿出工作证明，刷了刚办下来的信用卡。一切都太顺利，林微微不大相信自己会如此顺利就来到了曼哈顿，她酝酿了一年千辛万苦的情绪，有点不甘心就这样轻轻落地。

天冷得勾人，下薄薄雨雪，林微微和周明非沿着第 8 街一路往东走，两个人都穿着鼓鼓的毛毛虫式羽绒服，又各自打了伞，再怎么凑近也隔着老远距离。他们胡乱找了一家日本居酒屋坐下来，开始倒也没有冷场，林微微发现周明非最大的招大概也就是留着她的兔子尾巴，以及在阿姆斯特朗大街上叫住她，在此之后，他可以一直聊下去，大都会的马蒂斯画展，新英格兰的秋天，在北大读书时用暖气片热的盒饭和馒头片。他有一种男人少见的温柔，这没有什么不好，只是也带来了距离，第一次约会和第一百次约会并无区别，当然如果在第五十次的时候他们还没有上床，就无法约会到第一百次，但上床这件事能改变的东西太有限，即使他们走到那一步，他们说的话，还是可能和第一次约会并无区别。

任宁和闵之是犹豫着两个人是否应该往下走，周明非是另外一种人，他并不知道怎样让两个人往下走，就像现在，在两个人频繁发了一个月微信之后，他还没法让两个人的话题离开《少年派》，林微微不知道周明非会不会为这件事焦虑，她觉得他是会的，所以有点怜悯，配合着和他讨论李安的改编，《色戒》极好，《断背山》也是，《少年派》略差，李安适合做加法，《色戒》里天涯歌女那段真是神来之笔。

两杯柚子酒和一盘子烤银杏下去后，林微微假装有点酒意，话说得多起来，又故意说得亲密："我刚工作的时候在通州租一个很远的房子，那个地方呢，连在通州都算得上郊区，村里宅基地被占之后补偿给村民的公寓楼，冬天要自己烧电暖气。我想省点电费，每天一起床就去单位，晚上掐着时间赶末班公交车，睡觉盖三床被子。那时候觉得自己以后最大的出息就是在北京买套房，谁知道呢，现在我住在了曼哈顿。你在北京住哪里？"

周明非斟酌了一下字句，好像真的怕伤到她的自尊心："我住东直门边上一个小区，不过不是我的房子，是我爸妈买的。"

林微微又说："后来我真的买了套房，和男朋友合买的，在管庄。管庄你知道吧？还是有点远，但那里就属于朝阳了，也挨着八通线，出小区门过了马路是个建材市场，晚上三点运货的大卡车就堵在路口，北京晚上有时候比白天还热闹……后来那套房子又卖了，我们一人分了五十万。哦，不是，我有六十万，他多给了我十万，我就是靠这六十万来了纽约……我前男友呢，实在是个挺好的人，要是遇上点大事他肯定不会丢下我，战争、灾难、连环杀手这种大事……但我们什么大事都没有遇到过，在朝阳路坐三轮车逆行了一万次都没有撞过车，真奇怪，为什么一点大事都遇不上，只能被小事逼得分手……你和女朋友分手是怎么办的？分不分钱？"

周明非显然没有预料到，他们会从李安陆然转向这样赤裸的话题，他又斟酌了一下，说："没有分过钱，因为还没有人到能分钱的地步，分了就是分了。"

林微微说："那也挺可怜的是吧，和谁都没特别熟过。"

周明非尴尬起来："也不是，有一两个还是熟的。"

"那为什么分手了？"

周明非想了想，说："太熟了，一直吵架。"

上了一盘烤鸡皮和鸡腿肉，林微微又叫了一杯柚子酒，酒非常好入口，让她把闵之从嘴边滑出来，只是含糊着没有说出这是周明非的师兄："来纽约后我遇到过一个人，他条件挺好……你也知道的，就是那种条件好，长得还可以，好像有点钱，在曼哈顿不用合租一套公寓，找了份很好的工作，年薪估计有二十万吧……我们没在一起，他应该是挺喜欢我的，主动跟我搭讪，但他太小心了，还想考察我呢，我开始愿意被他考察，后来我也烦了，持续时间很短的一件事。我有时候觉得自己可怜，但他也挺可怜的，你说是不是？"她有最后的自尊心，没有说出闵之其实后来也没有继续考察她。

周明非更尴尬了，他也在曼哈顿不用合租一套公寓，他也主动搭讪林微微，但特意解释自己没有在考察对方似乎更不合时宜，他只能说："纽约嘛，这种事情常见的……和你没有关系，大家都没有安全感，都得试探，他可能现在很后悔。"

林微微知道这是让两个人关系明朗化的最好的机会，她可以说："那你是不是在试探我？"也可以说"你以后会不会后悔？"但她突然觉得无聊，她为什么要和周明非的关系明朗化，她为什么一定需要和任何人的关系都明朗化，她想试试站在交叉线上，所以她把那杯酒干了："这顿我来请，我们回去吧，我有点喝醉了。"

2　自　贡　●●⟨⟨

潘有光在大年初三给我打电话，我和几个亲戚正在小区茶坊打麻将，看到号码后我招呼表妹替我先打两盘，拿着手机走到花园里。园子里素心腊梅全开了，混着不知道哪家的海带鸡汤味，天气暖湿，头发总显油腻，这是我熟悉的春节。

我每年回自贡过年，但这是十八岁后第一次过完年也将还在自贡。大年初一起得早，推开窗看见满地红色鞭炮纸，我突然意识到以后我会一直住在这里，就拿着扫把和簸箕出去了，雾气渐渐散去，好像是我扫出了一个新天新地。扫完地才回来吃猪油芝麻汤圆，汤圆有小孩拳头大小，我吃了四个，油闷之气在胃里缠绕不去。那天去姑妈家吃饭，大人开了三桌，我挤在小孩子那一桌的茶几上，喝十几块钱一瓶的所谓葡萄酒，所有菜都在放辣椒前先铲了一小碗起来给小孩吃，莴笋黄鳝和子姜鸭压不住腥味，我一直吃一盘糖醋小排，小朋友们警惕地打量我，他们都跟我不熟。躲到这里，还是没有躲开那种常规问话："微微什么时候带男朋友回来过年？

去男朋友家过年也可以嘛。"

也不是没有去过男朋友家。有一年春节我去任宁家住了几天，他父母看起来都很严肃，反复打量我带过去的礼物。我们不敢公然住在一起，他家房子怕有一百五十平方，我睡一间阴冷客房，在走廊尽头。半夜他偷偷过来，我们在滚烫的电热毯上激烈做爱，没有一句对话，也没有安全套，那时候我们在一起已经两年，唯有靠着这点禁忌才能有激烈的性生活，任宁结束后又从背后抱住我一会儿，才起身回自己房间。即使如此，他还是没有跟我回自贡，他回北京加班，我在初四自己回家，坐一百块钱一个人的私家黑车，边上的人带了一大口袋廖记棒棒鸡，整段路程都有激烈香气，我有一种不可对人言的挫败，男朋友跟我做爱，但是不跟我回家，在做爱的第二天提醒我别忘记买毓婷。

潘有光那边听上去也有麻将声，他问我："微微，是我，潘有光，你存了我的号没有？……哦，存了就好……你春节怎么安排？"

我不知道为什么要回答得这么详细："大年三十在舅舅家，初一姑妈家，初二姨妈家，今天我们家，初四另一个姨妈家，初五之后没有安排，初八也就上班了。"

他可能呆住了，一时间不知道何以应对我的热情，冷场了一会儿才说："我今年也没回家，我父母过来了，不过我们这边没有亲戚，就是天天自己过，我就带他们来小区茶坊打牌，让他们学打自贡麻将，每天输钱。"

"他们习惯吗？自贡冬天没有暖气。"

"南通也没有,这里还暖和一点,我去年买了套房子,装修好后一直晾着通风,这次趁着春节就搬过去了。"

"那多好,房子在哪里?"

"在南湖这边,前年买的期房,去年交房了。"

那是自贡最好的地段了,大概五千五一平方,紧挨森林公园。我有点后悔问得太直接,也许会显得势利,但想想又觉得是多心。我没有资格势利,我工资很低,年终奖拿了三千块,大年二十九背回来一箱并不甜的苹果,住在父母家,一直没有想好买什么房子。

潘有光又说:"你初五到初七有没有哪天有空?我想叫一些同事朋友来新家吃吃饭。"

他想先问我的时间,那就是真的诚意了。我有点感动,就老老实实说:"我都可以,你约好了告诉我就行。"

挂完电话回到茶坊,表妹刚和了一个清一色对对碰,正在收钱,我看她手气正旺,也不好意思叫她让位置,只能搬了一把藤椅,在院子里晒太阳。小区里有哪家死了人,哀乐撕破音响,偶尔夹杂鞭炮声,像在青天白日下拍恐怖电影。

妈妈大概去围观了丧事,绕回来后刚好听到我和潘有光电话的最后两句,她小心翼翼问我:"刚才谁的电话?"

我说:"一个朋友,你不认识的。"

我爸妈对我回到自贡这件事总体算高兴,但一年里应付了八方"哎呀,微微为什么要回来?在北京才有发展,年轻人事业最重要,自贡这种小地方跟她学历相当的男朋友都不好找，以后谈朋友该怎么办哦"的询问，这种高兴里难免有杂质慢慢上浮。

他们知道任宁，在我们一起买下房子住到一起之后，我觉得对这件事已经有相当把握，就在某次电话里说了，又给他们发了任宁的全身照。照片是有一年在任宁公司年会上拍的，他穿一身藏蓝色西服，拿着一杯香槟，也就是有为青年的样子。和任宁分手最尴尬的部分就是告诉父母，我当然略过了我想结婚而任宁拒绝的那一段关键情节，含糊其辞地把原因归结为"性格不合"，他们怀疑是对方有第三者，我含糊其辞，不正面承认也不全部否认，故意让想象往这个方向走，相较而言，第三者是不那么让人尴尬的分手理由。他们自然对任宁有怨气，但后来看他卖房子后还多给我十万，也就说："这个孩子也还是可以，年轻人谈恋爱不成功是正常的，微微你要想开点。"我表示同意：可以，正常，想得开。

"哪个朋友？说普通话的？不在自贡的朋友？……网友最好是不要交，5号楼那个妹妹，你见过没有？长得多乖，在师专读书，前几天去成都见网友被杀了，我刚才看到她妈，太造孽了。"

"在自贡，外地人……妈你不要问了，我保证不被人杀了。"

她也就没有问了，讪讪走开，假装看院子里的几个中年女人打毛线。

这几个月里断断续续有人要给我介绍男朋友，目前累计已有区法院法官、派出所最年轻的副所长、中学数学老师，以及自贡建筑设计院设计师。我一个都没去见过,父母也没有催着我去,对于我的男朋友可能从北京有为青年变成自贡有为青年的落差,他们还没能完全消化。其实他们不过见过任宁那张照片,不知道他费尽周折才把户口转到北京,因为和领导关系一般,在公司里几年没有升迁,靠父母支持以及女朋友凑钱才在五环外买了小房子。潘有光?潘有光介于两种有为青年之间,我拿不准父母会失落还是惊喜,他们大概比我更茫然,他们不想我去成都见网友,也不见得愿意我在自贡相亲。

潘有光当天晚上通知我约在初五下午,他可能不喜欢用微信,就这么一句话也打了电话,说完之后又找了一会儿话题,问我在干什么。

"没干什么,爸妈在看电视,我在房间里看书。"

"什么书?"

"中学时候买的《张爱玲文集》,现在翻出来发现是盗版。你们理科生不会看张爱玲吧?"

"也看过几篇的,《倾城之恋》《红玫瑰白玫瑰》。情节不记得了,谈恋爱的书记不牢……反正生活里没人谈这种恋爱。"

"那你怎么记得牢金庸?你生活里有人打降龙十八掌了?还是有人在练葵花宝典?"

潘有光笑了:"微微你真好玩。"

这句话鼓励了我,想奋力显得更加风趣:"也不能这么说,你不能认为我喜欢谈恋爱的书就是好玩。我还记得弦理论和薛定谔的猫呢。《生活大爆炸》，你们学物理的人都看的吧。"

"看的，微微你真好玩。"

就这样拉拉扯扯了二十分钟，挂上电话我知道，他不是太想挂，电话里听得出他在漆黑寂静的地方，有细微的刺啦啦风声，也许是在小区花园里。外面刮着风，月亮晕出淡黄色的边，他大概一边抽烟，一边藏在一棵榕树下躲风。

想到任宁从来无法和我打超过五分钟的电话，我有点受宠若惊，把那本张爱玲翻到《倾城之恋》，白流苏在半夜接到范柳原的电话，说他爱她，挂断电话又打过来，问她是不是爱他，又自顾自说她不爱他，流苏生气，让他不想结婚不如明说，范柳原挂断电话再次打过来，问她是不是能看见月亮。

我试图在这个晚上晕出一点软绵绵的情绪，再试图把它放在潘有光的脸上，但他的脸在想象中没有任何细节，我只记得他的关键词：博士，副教授（今年会升教授），开一辆福克斯，刚搬进南湖社区的新房。

初五我早早到他家，已经到了不少人，王艳和李辉在院子里帮着串鸡翅，另外的人也在院子里开了一桌扎金花，他们打得不大，长木桌上堆满零钱。我没想到潘有光买了一套这样大的房子，一层起码有一百七十平方，楼下还有两室一厅的半地下室，带一个大概五十平方米的院子，院子里开着素心腊梅，另有一株长出须根的大榕树，原来前天他是在这里和我打电话。榕树下有粗陶大缸，养了睡莲和鼓眼金鱼。房子装修得很好，我庆幸自己带去一套去日本时买的清水烧茶具。

潘有光给我倒热柠檬水，又问我喝什么茶，我说："我就喝水……你家真漂亮，原来做教授这么有钱。"

他明显不习惯直接谈论钱，但还是老老实实地跟上我的话："我爸妈支持的，其实他们也就是退休职工，但卖了老家一套老房子，你知道，江苏那边房价比这里贵两三倍，这么一置换就能换套大的，我反正是不会再离开自贡的了，买大点感觉能住一辈子，你说是不是……哦，我爸妈今天不在，报了个旅行团去云南了。"

我说："真好，我回来就是想过这种生活，但发现我其实还是过不起。我的钱也就够买套两室两厅，你这样待在自贡，才算是不会后悔，没有白白留下来。"

他又尴尬起来，我猛然意识到说出这些似乎是在引诱对方表白，以"我们要是在一起，这套房子也是你的"来开头或者结尾。我并没有这个意思，我经常想到结婚，出于一种理应如此的焦虑，但事实上我并不为此焦虑。这句话说出来让人难为情，却是事实：让我焦虑的是爱，不是婚姻，从来如此。

他带我去看楼下，我特意打扮过，喷了一点香水，穿一条很窄的半身裙，下旋转楼梯有点艰难，他轻轻扶住我的胳膊。楼下全部打通了做成书房，他的书不算多，零零散散摆在书架上，书桌是一块橡木板，上面放了地球仪和天球仪，我无意识地转动它们，问他："学物理的是不是都还懂天文学？"

"懂一点吧，知道一些规律，但其实也就能认出木星火星，还有几个星座，不过也不需要认，现在有很多 App，拿着手机对着天空就行。"

潘有光又说："火星还是挺美的，可惜现在是冬天，火星要在后半夜才能看到。等今年夏天你再过来，太阳一下山火星就出来了，我也有个天文望远镜。"夏天还有大概五个月，我很高兴他会顺口提到五个月之后的安排，好像我们真的会有未来，不管如何将其定性。

门禁铃响了，我们都回到一楼，又进来一对客人，女人圆圆脸，满头看起来是烫失败了的小卷，但她还是个甜美的姑娘，穿一条贴身连衣裙，胸部突出，配着过膝长靴。男人穿一件咖啡色厚夹克，和边上的女人站在一起更显得高，他们把一盆蝴蝶兰搬进来，白色花朵全部开了，露出紫色花心。

潘有光给我介绍："尹小玲，我们学校人事处的副处长，我前两年升副教授她帮了好多忙，这是她男朋友，我也第一次见，小玲你不介绍一下？"

闵之看见我，对我点点头，潘有光把空调开得太暖，我们每个人都觉得热。

3　纽约　🌙 🌗 ● ●

　　林微微还是找了"良运搬家公司"，还是四百块，来的还是那两个工人。他们记得林微微，那个明显很穷却还是给慷慨小费的姑娘，有一张破旧的红色丝绒沙发。"靓女你这么快又要搬回曼哈顿啦"，"靓女你这次一个人住这么好的房子，发财了吧"，"靓女怎么还没有男朋友？不要太挑啦，找个钱多的鬼佬，美国人最喜欢你这种啦"。林微微笑眯眯和他们搭话，给了一人二十块小费，她现在格外大方和笑眯眯，搬完家收拾好床铺，走路去唐人街吃腊肠炒饭，笑眯眯给 30% 的小费。

　　早上也走路上班，坐地铁需要转线，里面又没有电动扶梯，穿着高跟鞋上下楼梯的时间不如走过去，也就是半个多小时。林微微对这个时刻的纽约感到新奇，早上七点半，居然整个城市都已经拿着一杯咖啡清醒了，从第 D 大道往西再往北走，穿过东村和切尔西，Cooper Diner 里有神色严峻的老头子穿三件套西装吃早餐，Tompkins 公园的圆形栅栏旁边，义工正在准备给流浪汉的免费热狗三明治，吃热狗要先听福音，她不需要热狗，但她再一次想，以后得多去教堂。路边高楼永远在修葺，搭着森森铁架，情侣们牵着手在地铁口告别，这里大部分情侣都是一个男人和另一个男人。

周明非没有提出要陪她搬家，他们这几天都没有联系，他也从不更新朋友圈，林微微觉得这样挺好，两个都不着急的人才可能有点未来，不管哪种未来。她太着急和任宁结婚，闵之太着急和她上床，所以他们现在都失散了。

周明非在第三天给林微微打电话，晚上十点，林微微躺在床上看大陆连续剧，周明非问她："新家住得怎么样？"

"挺好，就是吵，我以前住在皇后区的 Elmhurst，过了八点就没有一点声音。"

"Downtown 是吵一点，我住了两年东村，倒是习惯了，早上一定是被消防车吵醒。"

"你当时为什么选在东村啊？房租那么贵，而且完全被 gay 占领了啊……这几天我看一个对话录，布罗茨基你知道吗？一个得过诺贝尔文学奖的作家，他以前住格林尼治村，一个住在东村的朋友对他说，自己和老婆在距离林肯中心不远的地方散步，走过来一对接一对的恋人，他潜意识里觉得不舒服，好像有什么东西让他不大习惯，后来他才明白，哦，这是因为这一对对恋人都是一男一女，他在东村住久了，已经下意识地认为，如果迎面走来一对恋人，那一定是两个男人走在一起。"林微微坐起身，把那本《布罗茨基谈话录》翻到那一页，读给周明非听，她自己先笑起来。

周明非倒是没笑，他慢吞吞地说："东村距离学校近……

对了，你工作怎么样？"

"工作？……工作就那样吧，还能怎么样。老板主要打离婚官司，我帮忙做各种文书……最近有个案子，女方是华裔，我还做一些翻译的活儿。忙，但其实就是很机械地在工作，不动脑子……对了，我现在叫Vivien。"

"挺好听的，费雯丽是吧……我对纽约州的婚姻法不熟，好离吗？"

"以前不好离，必须对方有过失，通奸，遗弃，虐待，入狱什么的。前两年纽约州州长也签了无过失离婚法案了，只要单方面宣布婚姻破裂，等六个月就能离。"

林微微突然意识到，自己和周明非聊得太顺，顺到似乎不可能走到暧昧的地方，但她不想就此打住，她需要一个晚上十点能毫无压力拨出电话的人，远甚于需要一个男人，所以她继续说："听说加州的离婚法最严格。"

"是，美国有十个州实行共同财产法律保护，加州就是其中之一。一离婚财产全部对半分，我有个导师以前在UCLA，他在那边离了婚才来纽约，每个月负担重得不得了，只能死命写论文、申请基金。有一次我们去喝酒，他很认真地跟我说，婚是绝对不能离的，唯一的办法是把老婆杀了，真的，杀了，想一个完美谋杀的办法，我们学法律的，这点技术能力要有。"

"怎么杀？"

"不知道……可能最后还是没有解决技术问题，主要是不知道尸体怎么处理，你想想，这是曼哈顿，路上都不敢乱扔矿泉水瓶子，从来没有走过一条彻底没人的小街，你怎么处理尸体？怎么做都会有 bug，如果在俄亥俄或者奥尔良，也许好办一点。"

"你说最后都想着要杀人了，当初为什么要结婚？"

"不知道，我又没结过，连接近结婚都没有过，距离十万八千里呢。"

"我疑心上了一个年龄，男人女人都不想结婚，没这个必要。"

"不知道，但可能还是要结婚，不结婚你也不知道怎么表达诚意，就是上次你说的，现在我们都遇不到大事了，没有生离死别的机会，难道要等到下一次 911？"

"所以你是打算结婚的了？"

周明非迟疑了："……我也不知道。"

林微微知道自己又说得太多，但她还是高兴，想到自己把周明非从一百次约会等于第一次的泥沼里捞了出来："我困了，晚安。"

"先别晚安，平安夜我们系里有个 party，你要不要一起过来？"

这就是正儿八经邀请了，林微微说："我们公司好像也要办 party，我可以晚点过来，你那边要穿正装吗？"

"不知道，其实我连有些什么人都不知道，学校的活动我从来没有参加过。"

"那万圣节那次你为什么要去？"

"不知道……可能我想扮成蝙蝠侠去坐地铁，但又觉得没有目的地不好意思。"

"你在地铁上就看见我了？"

"出地铁口的时候，你的尾巴被闸门夹掉了，我就拣了起来，但你走太快，到进教室的时候我才追上你。"

林微微克制住了，没有问他当时对自己的评价，现在没有人愿意给另一个人做出明确评价，矜持是一种美德。刚在一起的时候任宁说过：微微，我知道你以后要是分了就分了，绝不会纠缠这件事，微微我知道你，你就是这种人。闵之不发一言，连在床上都只有拟声词，从来没有评价过她的容貌、厨艺、性格或者床技。

没人打分，林微微不知道自己到底是个怎样的人，任宁说她理性，她分手的时候就万事想着要理性。闵之沉默着面对她，她也就沉默回去，她记不起两个人说的最后一句话，只记得是在早晨，飓风过去后，他把车开到 broadway 上，车压过满地树枝，她在闵之的后视镜里慢慢消失。

不管对着哪个男人，她都是初进荣国府的林妹妹，事事小心，观察一圈以后才知道有些茶是用于漱口，在贾母面前不敢说自己读了几本书。

后来大家也就挂了，周明非的声音越来越低，到"晚安"那里几乎就像恋恋不舍，但他也并没有另定一个平安夜之前的约会，而这才十二月十号。

林微微拿不准他，就像她拿不准任何一个男人，不过这件事成为惯例，也就渐渐不再重要，林微微关上手机睡觉，一直到第二天中午才想起来开机，没有收到一条新信息。她在周末去逛林肯中心那家 C21，雨雪天，地铁里有腥臭而暖湿的空气，走出 66 街地铁，街口看到有女人站在雨里抽烟。林微微想到那天和周明非的电话，努力想在雾气中找到情侣，但并没有，不管是一男一女，还是两个男人或者两个女人，每个人都是独自一人，没有人打伞，整个世界显得更冷。

　　她最后买了一条大露背的亮片红色纱裙，又配了一件可有可无的小外套。林微微现在是一个慎重的人，她要观察一圈，才知道到底要拿出什么姿态面对这个世界，就像两个人玩骰子，她看了看自己的底牌，再不敢率先叫出五个六。

3　自贡　●●●《

　　我和闵之其实有过一次单独约会。元旦假期后第一天，有一个法律援助的案子，司法局想春节前在《自贡日报》上发一个整版，王建国就叫我去区法院听庭审，"微微，你好好听，多积累点现场素材……写生动！写深刻！要是真的能发年终奖，给你多发点"。我知道自己和王建国对"深刻"有完全不同的理解，也对年终奖多一千块毫无兴趣，但这就是工作，回到自贡就得不断跟自己强调这一切必然发生，永远发生。

　　到了才发现法律援助律师是闵之，他比当事人还早到，法庭都没有开门，就坐在门外的蓝色塑料椅上，低头一边看材料一边吃锅盔夹凉皮。我想了想，没有叫住他，站在远一点的地方等法警过来，室内空气封闭凝固，传来凉皮上熟油海椒混杂芫荽的香味。

　　简单的人身损害赔偿案。闵之的当事人是个农村老太太，和邻居因为宅基地起了纠纷，被对方推倒后摔在灶头铁锅上，砸破了头，住了几天院又因为没钱付医药费而被赶出医院，现在想起诉对方赔八万，拿这笔钱再去做个小手术，把颅骨里的血块取出来。

案子是简易程序，法官在法袍外裹着土黄色羽绒服，法槌旁摆着一个保温杯，开庭一个半小时就判下来了，因为对方爽快答应赔五万，法官甚至只加了一次热水。老太太浑身上下只露出一张黝黑小脸，头上还包着纱布，看起来几天没有换过药，纱布上有斑斑污渍。她大概完全没有想到真能拿到这么多钱，法官还没走就哭起来，从黑棉袄的口袋里掏出一把钱一定要塞给闵之，我远远看见有一张一百，两张五十，别的都是十块五块的零钱。他当然是坚持不收，反复说"这是我应该做的，这是我应该做的，这就是我的工作，婆婆你快点去医院找医生，手术越早做越好"。这场景让我想到乏味的国产乡村连续剧，一时间只觉得尴尬，闵之在开庭后没多久就看到我，在法庭辩论前不显山露水地对我点点头，我只好一直等着他。

我们去法院边上找了家羊肉汤馆吃午饭，乳白羊汤氤出暖湿烟雾，开始两个人话很少，越少越显出我们有难以界定的关系，我不喜欢带着羊膻味的暧昧空气，努力找话题："那个老太太看起来好可怜。"

闵之正在加第三碗米饭，他想了想说："是可怜，你看她伤得那么重，也没钱换药，这么下去怕是要感染……但也不是那么简单。"

"什么意思？"

"她儿子娶老婆修房子，占了别人的宅基地，本来就是不讲理。她伤成这样我疑心是故意的。我第一次去见她时，听到她和儿子说话，抱怨自己摔下去的时候'没看准'。不过现在也都解决了，五万块足够她做手术，说不定还能挣一点儿。对方其实是怕她，认了倒霉，一个七十多岁的老太婆要能豁出去的确是谁都怕的……现在，宅基地这回事也就没人提了。"

闵之又点了羊肉蒸笼："当律师就是这点好玩，当事人走近了看总是这样……好的人不够好，坏的人呢，又不是真的那么坏。每年做几个法律援助的案子尤其好玩，帮的人都穷，但穷人也有坏的，我同情他们，但也觉得他们讨厌……你说这种感觉是不是有意思？"

我也不知道说什么："人性嘛，就是复杂的。"

"现在好像谁都喜欢说这个，人性复杂……其实大部分人看过什么复杂人性？不到关键时刻，每个人的性格都含糊得很，都是差不多就算了。"

我看着眼前这个男人，恍惚记得我们第一次见面，他梳着一丝不苟的偏分头，中巴车里有浓郁的发胶味。也就不到半年时间，他剪了平头，穿一件式样大方的墨绿色羊绒衫，白衬衫领翻出来，总结陈词的时候说普通话，法官休庭后特意下来和他握手。人人都想做个体面人，即使是在一个处处不体面的小法庭上，即使是在自贡。在自贡做任何严肃的事情都要担心自己可笑，比如严肃地做律师，比如严肃地谈论人性和感情。

我躲避着，不想把话题走得更深，就说："你元旦假期怎么过的？"

他犹豫了一下，说："我去相了个亲。"

我当然震动，却不吃惊。几天前他还送我回家，我记得车中浮动的空气，那是暧昧、犹豫和没有信心的混杂物。但三天过去，他相了亲，我也会有这么一天。

"然后呢？"

"暂时还没有然后……我觉得还可以，长得挺可爱的，工作也稳定。"

"是不是觉得可以也就够了？"

"我不知道，你觉得呢？我也不敢随便这么说，好像别人由着我挑似的，有点太可笑了。"

"我也不知道……以前肯定是想着要找一个评价比'可以'强烈得多的人，但都回自贡了，又觉得是不是要现实一点，最后发现其实都不容易，连'可以'也不怎么能遇到。"

闵之毫无征兆地生起气来："你现实一点是不是就找我这种？我现实一点就是找那个相亲的姑娘？我们都以为自己是谁啊，一定要说成现实和不现实。你看，这就是关键时刻了，就是人性复杂了，没底气说成是全凭感情，又不好意思直接说都是看条件。"

我没想到他会选择在一家破旧的羊肉汤馆里把话说开，菜吃得七七八八，油腻的复合木桌上一片狼藉，饭馆为了增加说服力，门外拴着几只黑山羊，肮脏的后院里挂着整张羊皮，羊血渗进青石地砖，把缝隙间的墨绿苔藓染得更深。再没有比这里更不适合严肃讨论感情的地点了。

我迟疑了三十秒，说："你怎么这样说……你想太多了，我对你来说有什么不现实的，我也没资格。"也没有比这更空洞的回答了，滚烫羊肉汤制造的那点亲密陡然消失了，两个人中间明确无疑地隔着一个简陋电磁炉的距离。

后来就买了单，他开车把我送回司法局，在门口遇到上访的农民，坐在扁担上，两个背篼里有满满儿菜和洋姜，大概是打算在这边上访一会儿直接去卖菜，还赶得上下午买菜那拨。菜里洒了水，渗到地面上，面前有个报纸糊成的纸板，用红墨水写着"冤案！"但也没说清楚到底是什么冤案，所以更显得可怜。

闵之和我对看一眼，大概都想到在羊肉汤馆里说到的好人坏人，他对我挥挥手："微微，再见。小心地面有水，别弄脏靴子。"

我们后来没有联系过，他也不再给我点赞了，现实世界再没有给我们提供任何理由联系。他相亲的那个姑娘现在被定义为女朋友，我则和潘有光相了亲，一个比"可以"多一点的男人，算不上彻底"现实"的男人，在自贡显得分外体面，有一套更体面的大房子，我有点把握可以抓住他，因为他似乎也想抓住我。但遇到闵之，我还是觉得隐约不适，好像尹小玲的卷发卷进我的眼睛，我记起眼前这组合本来不是没有另一种可能，如果不是我们都太容易泄气。

现在大家都坐在潘有光家的院子里烧烤，闵之生的火，尹小玲在边上鼓着腮帮子吹，潘有光正在往排骨上洒海椒面，他问我：“你能吃多辣？”

“差不多就行，我不要孜然。”

“哎呀，我全洒了孜然了，没事，等会儿我找个刷子给你刷掉。”

这种对话也就算是挑明了。大家都不熟，正发愁找不到话题，当然顺势开起玩笑来，尹小玲说：“潘教授这些年也挑得差不多了，原来什么条件都是假的，关键还是要长得好看，你们看微微这皮肤，哪里像从北京回来的人。”

我说：“今天打了粉底，卸了妆其实也很黄。”

王艳说：“别听她的，她卸了妆和现在没区别，不然我怎么会介绍给潘教授。”

潘有光进厨房找到一把小刷子，拿出几串排骨仔仔细细地把孜然粒刷掉，笑着说：“微微是长得漂亮，但也不至于到那个程度吧。”

我也只好装作不高兴，配合说出应有的台词：“我怎么就没到那个程度了，潘教授你要给我说清楚，那你是认识谁到了那个程度？”

大家都知情识趣地笑起来，又有人问尹小玲：“你们呢，有什么打算没有？”

尹小玲抿着嘴咪咪笑，整理一下自己的卷发，用皮筋束成马尾。闵之跟我一样，和所有人都不熟，一直装作只是专心点火，火终于旺起来，他把铁丝网搭在烤架上，这才抬起头说：“我前几天跟小玲求婚，但是她还没答应我呢，不过也怪我，戒指都没买。”

更多头发卷进眼睛，有一种荒谬的痛。

肉都烤老了，鸡翅忘记刷蜜，咸得难以入口，最后每个人都是靠埋在炭火里的红薯和玉米勉强吃饱，麻将和斗地主都没有约起来，大家就说散了。我打算搭王艳家的车出大路再打车，但潘有光叫住我："微微，你稍微等我一会儿，我把架子收进来就送你，看起来要下雨。"

大家又都笑了，尹小玲说："别着急别着急，送不送都行，雨要是下大了嘛，明天再走也可以。"

我自己都疑惑起来，以为和潘有光真的到了这个地步。我们不过认识一周，见第二次面，中间打了两次电话，发过一些无关紧要的微信，借着手机屏幕的白光看见过他的红色内裤边缘。白流苏怀疑自己只是在梦中听到范柳原的"我爱你"，但我没有做过任何和潘有光相关的梦，我们并没有可以在彼此梦中出现的关系，难道记忆出现盲点，吞噬了那些关键性瞬间？

我帮着他把烧烤架抬到储物室，等再出院子搬凳子的时候，风已经刮得很紧，雨点砸进睡莲缸，有小朵小朵涟漪。潘有光说："要不等雨小一点再走，我看你穿裙子怕是会冷。"

他的车就停在院子里开出的后门边，走过去也就三十秒，但我还是说："那好，是有点冷。"

他打开电视，电影频道里正在放黄飞鸿，爱老虎油那一段，我们应该都看过无数遍，却还是笑起来，十三姨的确美，年轻时的李连杰有一种让人放心的诚意。偌大的客厅里只亮着暖黄色壁灯，我们坐在米黄色沙发上，一人抱着一个抱枕，他的手渐渐伸过来，两个人的嘴唇都干燥僵硬，但我们毕竟勇敢地伸出了舌头，带着一种反复衡量的决心。

4　纽约　　)) ● ● ●

　　林微微还是一周工作七十五个小时，老板刚替一个华裔女人赢了一套上东区的房子，加上一年五十万美元的赡养费。Michelle 以前是内地的三流演员，嫁给二流美国商人，案子赢了之后买甜品上律所来感谢大家。她刚过三十五岁，按照美国人的审美晒得漆黑，把眼睛画成丹凤眼，眉毛长到鬓角里，外面下大雪，她在貂皮大衣里就穿着红色绷带裙，没有内衣，隐约看到花朵型乳贴的轮廓。

　　Michelle 老家在东北，英文不够流利，只能拉住林微微聊天，送她一管雅诗兰黛的唇彩，又特意给她留一小盒马卡龙，非常亲密的样子，其实她也不过是没有人说话："Vivien，你现在住哪里呀？"

　　"就在下城，第一大道，靠近海边。"

　　"有空来我家玩，我住 83 街，第五大道，你坐六号线一直往上走，下了地铁就能看到我家大楼。"

　　Michelle 算是克制，没有直接告诉林微微，她的房子推开窗就是中央公园，走路到大都会和古根海姆不过五分钟。在一场算得上胜利的离婚后，她明显想在纽约交点朋友，也许她以往的社交圈和婚姻一起崩溃了，仓促中只能挑中林微微：长相和工作都过得去，住在曼哈顿，穿一套中等价位的西服，戴纯银首饰，没有手表，一个安全、体面而不如自己的女朋友，她需要的那种。

林微微说："好啊，看什么时候有空。"

她以为这对彼此来说都是敷衍，但最后平安夜她就去了83街。律所里几个合伙人都去了佛罗里达，派对没有开起来，林微微又已经告诉周明非会晚点到纽约大学那边，她担心最后被发现在十点以前自己不过是在家等着出门，就答应了Michelle的邀请。

第五大道上到处有彩灯闪烁，林微微想不起前一年的平安夜自己在哪里。那个时候她还住在曼哈顿上西区，但很可能她哪里都没有去，不过坐在房间里抽烟上网，她找到一种韩国烟，烟蒂是一颗红色的心。房东在每个月二十四号会发短信提醒她交房租，那是她当天收到的唯一短信。

如果再奋力往前回忆，某一年圣诞她和任宁在新光天地，故意去逛那些不可能消费得起的名店，试穿MAX MARA长裙，最后不过是排队一小时吃了鼎泰丰，鹅肝小笼包一百三十六一笼，桌子和桌子之间隔着二十厘米距离，人声嘈杂，边上那桌打翻了味碟，浓郁的姜醋味始终不肯散去，这就是他们的平安夜。记忆不肯彻底驯服，她不记得他们当时住在哪里，在哪张床上做爱。他们总归有做爱的吧？因为那是平安夜，他们需要留下自以为不会遗忘的印记。

林微微今天在露背纱裙外穿了一件长到脚踝的羽绒服，踩着高跟鞋上了六号线，一出地铁就看见一家宠物店，橱窗里有一只博美，焦躁地不停转圈，另外两只比熊躺在角落里，戴着圣诞老人的小红帽。林微微直到现在才意识到，这是平安夜，她在一个晚上有两个曼哈顿的派对邀约，自己穿着性感，露出大块刚用过磨砂膏的皮肤，有意诱惑确定和不确定的人。

Michelle 的公寓在七楼，是那种有可能上《纽约时报》房产版的房子。餐厅出去是露台，一张巨大的大理石长桌上摆满酒和食物，露台上密密地种着植物，但在深冬里也显得落魄，外墙上爬满半枯萎的紫藤。

客人们都待在露台上，林微微也站了一会儿，但实在是冷，她又不想披着笨重的黑色羽绒服，就回到房间里喝热柠檬水。客人大都是中国人，夹杂着几个娶了中国老婆的美国人，他们互相之间明显也不熟，所以几乎没有空隙地用力聊天，最后只能聊到中美关系和《甄嬛传》。

Michelle 进来调 mojito，身后跟着一个中年男人，她热情叫上坐在桌边刷手机的林微微："微微，你怎么不出去跟大家聊天，来，给你介绍个朋友，这是顾医生，他在 china town 那边开诊所，你们住得很近吧？"

顾医生看不出年龄，模糊地介于三十五岁到五十岁之间，略微秃头，略微发胖，但他还是个体面的男人，穿体面的西装，说一口带福建口音的普通话，客气地叫她"林小姐"。林小姐在哪里上班？林小姐周末喜欢做什么？林小姐公司给你买了什么医疗保险？要是不嫌弃来我的诊所体检啦，诊费很便宜的。林小姐是哥大毕业的？读了这么好的大学？林小姐今天打扮得好漂亮。

　　Michelle 临走时拉上露台的玻璃门，一次有意彰显的相亲，生怕林微微没有体会到自己的苦心。男人有点兴趣，却忍不住想套出更多她的个人资料，以确认自己的兴趣是否值得。林微微盯着他后退到额头高处的发际线，视线开始模糊，准确无误地听到了钟声，她突然清醒过来，说："我还有个地方要去，就先走了啊，顾医生麻烦你替我给 Michelle 说一声。"他茫然站起来，林微微发现自己穿着十公分高跟鞋比他高半个头，她被一种含混的自尊心击中，几乎是跑出了 Michelle 的家门，关门的时候她看到顾医生紧紧围巾，走往露台。

　　外面真冷，风中有刺，尖头鞋穿了两个小时，很难再完整装下五个膨胀的脚趾，林微微站在路边，迟疑是不是要打车。有辆白色宝马慢慢从身边开过去，又突然停下来再慢慢倒回来几步，有人打开车门下来，直至他走得很近了林微微才认出来，那是闵之。在拙劣的相亲之后，紧锣密鼓地迎来了这场拙劣的相遇，在一个兵荒马乱的圣诞节。

　　闵之穿一件深灰色大衣，戴着羊皮手套，他是个体面的男人，现在看起来更是格外体面，风卷起灰尘，他的皮鞋却还是在路灯下隐隐闪光，刮干净的胡子，脸上没有一颗痘，头发剪得更短，却看得出密密发茬。

　　林微微突然有点感谢他，所以她主动说："好久不见……你怎么会在这里？"

　　闵之指指路："我搬到上东区了，喏，就往那边，三个 block，你倒是怎么会在这里？"

"我去一个朋友家参加 party。"

"这么早就结束了？"

"不是，我还有另外一个 party 要去，就在你们学校，纽约大学。"

闵之犹豫了一下，说："那我们可能是要去同一个地方，你上车吧。"

副驾驶上坐了个姑娘，闵之介绍说："这是我女朋友，彭羚。这是林微微，她是哥大的 LLM，我们……我们以前在考 BAR 的时候认识的。"

彭羚转过头来打招呼，不知道有没有注意到那个犹豫的省略号。车内没有开灯，林微微觉得她长得美，却也不过那么点美。

道路拥堵，车里有一股让人焦急的冷淡。闵之问她："你有朋友在我们系？我平时也懒得开车，今天是有个大学本科的师弟叫我去玩，我顺便给他带点多余的厨具过去。"

林微微说："嗯，周明非，也是 JD，明年毕业。"

彭羚本来在玩手机，突然停下来："周明非，咦……"她看看闵之，又匆忙拿起手机，装作回微信。

林微微一路想着那个"咦"，好像省略号里藏着恐怖袭击。但她也没漏下看见彭羚剥出一个橘子，慢慢喂给闵之吃完。橘子皮在封闭的车厢里爆出细雾，林微微想到在飓风那几天里，她和闵之并排坐在破沙发上，两个人太过紧张，不停吃红橘，白色橘络吞下去有股清苦味，闵之说："橘子上火，你还是喝点柚子汁。"

后来果然上火，闵之走的那天，她嘴唇嫣红，挂着水泡，一直蔫不下去。

周明非看见他们的时候说："咦，你们怎么会在一起？"

林微微脱下羽绒服，室内暖气充足，大露背裙也不显得突兀："我们认识。我去倒杯酒。"

周明非跟着林微微去倒酒。他一直跟着她，开始有点距离，后来把手放在她裸露的肩膀上，手上渗汗，粘住林微微的头发，他始终不肯放开。每个人都看着他们笑，林微微喝多了长岛冰茶，疑心每个笑容里都藏着"咦"和省略号，又疑心恐怖袭击会在十二点来临。

但并没有。十二点的时候周明非把她拉到一丛乱糟糟的槲寄生下面，然后吻住她，口腔里漫出辛辣的金酒味。两个人中总有一个人喝醉了，不然无以解释他们的关系突然就走到这里。一个四十度酒精的长吻。心不在焉，但是足够长，足够烈。

吻完之后林微微有点喘气，看见左前方是闵之和彭羚，在另一蓬槲寄生下，他搭住她的腰，没有接吻，一种显而易见的亲密。彭羚穿一条简单的白色紧身羊毛裙，黑色细跟鞋，头发梳上去，戴钻石耳钉，隔这么远还是闪痛林微微的双眼。

周明非给她倒了一杯水，说："大家快散了，你要不要去我家？"

闵之看见他们，又转过头去。林微微一口气喝下整杯水："那我们什么时候走？"

4 自贡 ●●◖◖

潘有光的主卧室对着院子，我们进来仓皇，忘记关窗，雨水飘到床上，带苦咸味，两个人都热，更觉潮湿。我摸索着想穿衣服，对他说："我还是得回去，要不爸妈会奇怪，解释更费劲。"

潘有光裹紧被子，把我拉到里面，说："再躺十分钟，我送你回去。"卧室没有开灯，但院子的灯照进来，让万物都有了轮廓。我刚见过他的身体，不过不失的身体，瘦，光滑，略微松弛。我有点紧张他会怎样评价我的身体，又后悔出门前洗澡没有去一下角质。潘有光把手放在我的腰上，其实是腰和屁股之间的混沌地带，手心浸汗，一动不动，我留恋于他表现出的留恋，最后躺了半个小时。我们几乎睡着了，雨停下来，才猛然被吵醒，大腿重叠大腿，汗水黏住皮肤，分开时有微弱凉意。

其实之前在床上也就半个小时，先在沙发上有漫长前戏，黄飞鸿插播两次广告后终于播完了，他百忙之中换了一个台，不知道什么连续剧，里面有连绵不绝的爆炸声。衣服逐次消失，我渐渐觉得冷，皮肤上爆出鸡皮疙瘩，潘有光把我抱进了卧室。那个场景其实很尴尬，客厅到卧室有点距离，我也不算轻，到最后我知道他双手下沉，还好我们终于抵达这张床，我卷进被子，他随之上来，我们都安心地叹了一口气。

车开到一半，潘有光问："你饿不饿？要不要去吃宵夜？"

我的确饿了，做到一半就觉得肚子空荡，想吃碗排骨面的欲望大过于想继续这件事。最后两件事都达成了，在这件事结束后四十五分钟，我吃到一碗排骨面，潘有光叫了二十个红油抄手，"少点红油，多加几根豌豆颠儿"，他搓着手对老板说。出门时以为就开个车，他没有穿外套，酒红色羊绒衫，红蓝格子衬衫领翻出来。我坐在塑料凳上远远看着他，是个大学教授的样子，即使在床上也斯文有礼，该喘气时喘气，该呻吟时呻吟，进去前戴套，结束后带我来吃宵夜，并没有反复追问"你到了没有"。他付了宵夜钱，我们起身上车，他赶紧打开空调，把手伸进我脖子里取暖，我们又接了一会儿吻，混杂着礼貌、应当、缠绵和嫩豌豆颠的清香。

潘有光抄土地坡那条近路送我回家。那是城里的一座小山，需要剧烈地上坡下坡，夜里没有路灯，他开大灯在前方照出一条惨白小路，隐约看见路旁有低矮墨绿的柚子树，上面挂几只干瘪的果，这是自贡有名的"龙都香柚"，九月底成熟，不知道为什么一直留到现在。开到最高处潘有光停下来，四处寂静，干涸稻田里可能堆着草垛，我知道黑暗中隐藏着一口肮脏的堰塘。潘有光点燃一支烟，问我："微微，你想不想结婚？"

我试图看他的脸，但烟头那点微光只照出影子。我松开安全带，说："你怎么了，突然问这个？不要把刚才的事情看那么重，我没关系。"

"你先回答我的问题。"

"想，怎么不想……不结婚好像后面的人生都没法开展，你知道那种感觉吧，好像一个转折句，那个逗号老不出现，就一直看不到下半句……但我也害怕，万一结错了呢？没开展最多就停在这里，要是开错了，还不知道走多远才能绕回现在这个点。"

"那你觉得我们结婚会不会错？"

我眼睁睁看着他把烟蒂扔到窗外，最后一点光也消失了，我没法在漆黑的地方说谎："不知道，我们不熟，你说我们熟吗？"

"不熟。但我觉得你挺好的。"

"你也挺好的。但我们也遇不到很坏的人，那也很难的。"

"你本来以为我们上床了会怎么样？"

"不知道，我本来也没想到我们会这么快上床……我有点心理准备，但以为还会过一阵，早知道我就会去做个全身SPA。"

"所以你更没想到过结婚？"

"很含混地想过……不可能想到细节，觉得你不会比我更着急。你要是着急没理由拖拖拉拉到现在，真的，你到底为什么着急？"

潘有光又点了一支烟，摇下更多车窗，没有风，更有一种静默的寒冷。他说："我本来想了一套说法，说我爱上了你，一见钟情，你知道，这也不算全是说谎。但我不想这么说，我不想骗你，你知道，我的确喜欢你，你和别的人，有那么一点不一样，第一次见面我就感觉到了，你以为我常常给人看自己的红内裤？你也知道，遇到的人也不少，能有一点点不一样都不容易。"

"那你想怎么说？"

"说实话，我遇到一点麻烦事，有点着急，想来想去，结婚最有可能解决，我呢，现在最想和你结婚。"

他等着我提问，我等着他往下说。

"我有个学生，研究生，我们好过一阵，很短的一阵。分开好几个月了，她不知道为什么突然想不通，来找我复合，说要不就闹到学校去，你也知道，我今年要升教授。升了教授，后面就没有什么让人担心的大事了。"

"结婚为什么能解决这件事？她难道不会闹得更凶？"

"不会，我知道那个姑娘，她不是坏人，她只是有幻觉，认定我内心深处爱她，只是没有勇气和她在一起，她替我想了一套完整的能自圆其说的心理活动，我怎么跟她讲都讲不通，真是讲不通……我要是告诉她，自己有另外的人，还到了要结婚的地步，她的幻觉也就破了。"

"你们为什么要分手？"

"没有为什么，开始就很突然，她给我写信，人长得挺漂亮，研究生也快毕业了，我没想过拒绝。但在一起一两个月，我跟不上她的情绪，甚至觉得有点滑稽。"

"什么滑稽？"

"滑稽，你知道的，比如每天睡前要说我爱你，一直回忆你是怎么爱上我的，在食堂吃饭要喂我吃糖醋小排，就是这些。我怀疑她看多了连续剧，她怀疑我不敢面对自我，不敢爱她，一说这个话题就哭，故意去卫生间哭，但又怕我听不见，哭得很大声。就是这样……很滑稽。"

"你不觉得自己爱她？"

"肯定不是她想的那种爱，差太远了……所以我得早点和她分手，我怕麻烦，也觉得心虚。"

"你找我结婚，然后说这些，你就不心虚？不怕我也麻烦，我会翻脸？"

"你不会的，我开始说了，你有点不一样。"

"万一我也一样呢？你不害怕？离婚可比分手复杂多了。"

"有点害怕，但想象和你离婚总比和别人离婚要简单一点。我也怀疑我想趁着解决这件麻烦事的机会，快点把婚结了……总得结婚的是不是，在自贡不结婚是行不通的，我也不敢和别人太不一样。反正都会结的，我刚才说了，现在我最愿意和你结。"

我们沉默下来，他启动车子，前方一路下坡，车灯只能照亮短短一段，石子路面阴森煞白，我只觉持续下沉，反复颠簸，无边黑暗。

后来也就到了明亮安稳的地方，密密匝匝两排路灯，宵夜摊撑着简陋帐篷，几个硕大灯泡从头顶照下来。我发现"王二烧烤"摊上坐着小区里老和我爸妈打麻将的一个中年女人，对面是一个男人，不是她男人，两个人一人一瓶啤酒，低头在不锈钢盘里拣菜吃，两个人都长得不好看，穿不好看的深色棉袄，女人烫一头乱发，灯下更显发质焦黄。

又开了一段，我突然跟潘有光说："我刚才看到一个认识的女的，可能是在偷情，和别的男人吃烧烤。可能跟我们一样，刚上过床，后来饿了。"

潘有光把车停在小区大门外："我们不是偷情，你不要这么对比，你为什么要这么对比，我觉得不舒服，好像我们很龌龊。"

他没有把我送进去，调头走了。洗澡上床后收到微信，潘有光打字过来："微微，你考虑一下，我是有诚意的，但我表达诚意的方法可能错了。"

我没有回他的微信，我知道自己会考虑一下。

5　纽　约　🌓 🌘 ⬤ ⬤

　　林微微在楼下找了一会儿才看见闵之。化雪天，天色沉沉，风刮出刀刃，每个人都密密裹好，刚才电话里闵之只说"你几点下班？六点？六点正好，那六点十五我在你们公司楼下等你"，并没有告知他会穿鼓鼓囊囊的蓝色毛毛虫羽绒服，又用大围巾遮住脸。林微微踩着雪地靴走过去，她也穿大红色毛毛虫羽绒服，也是大围巾，闵之看了一会儿才说："刚才看见你下楼，有点不确定，没见过你穿这么厚。"他们并排往不确定的方向走，堆在路边的雪垛坍下来，下班时间人声嚣嚣，却有一种意外的萧条，也就十分钟时间，天几乎全黑了。

　　林微微又紧紧围巾，问他："好冷，我们去哪里？"

　　"去西村。"闵之招手打车，戴着黑色绒线手套。林微微觉得他今天整个人都显得幼稚，也许等会儿他们会坐在暖气充足的粉红色店铺里，吃甜腻的三色冰激凌球。

　　出租车沿着第10街往西走，当然被堵在路上。后座明明宽敞，两个人还是紧紧挨着坐，两只胖袖子碰在一起，触摸的感觉透过羊绒衫和贴身T恤，过到皮肤上，他们都木呆呆望着前面那辆红色甲壳虫，好像期待它会有一个卡夫卡瞬间。

林微微觉得热，把围巾取下来，说："你今天怎么会在下城？不是现在工作也在上东区吗？"

闵之鬓角渗汗，却还是穿戴整齐："我来找你。"

"特意来找我？有事吗？"

"等会儿再说。"

又一次恐怖袭击预警，藏身于那个"再"字中间，她看见炸弹的红色引线。林微微太过慌张，最后只觉得钻心饿，没有注意到前面的甲壳虫早已经换成一辆蓝色古董别克，卡夫卡对寒冷冬夜失去耐心，现在是盖茨比的曼哈顿。

闵之带她去了一家日式拉面馆，挤在两个酒吧中间。面馆逼仄，两个人在吧台边挨得极近坐下来，五分钟后上来两碗巨大的豚骨叉烧面，林微微赶紧拿起筷子，说："我还真的饿了，我们要不要再点盘饺子？"

她又吃了四个煎饺才有底气问："说吧，你找我什么事？这饺子很香，你不吃几个？"说完这句话她忽然意识到，闵之和自己之间的大部分对话都是关于食物，在皇后区那套房子里，他们讨论红橘、龙眼、樱桃、玉米排骨汤和培根煎蛋，最后试探着在密不透风的食物名词中讨论感情，略略提及，草草收场。

闵之喝完最后一口汤，说："微微，你……你这几个月过得怎么样？"

"还行吧……你也知道，我找到工作了，又重新搬到曼哈顿，而且我现在一个人住套小房子，社区里都是美国人，你上次不是看不起我在皇后区住的那地方吗，说那里中国人太多。"

"我不该那么说……你是不是觉得我特别混账？"

"当时有点，觉得你看不起我……后来想想，反应那么大也是自己敏感，那时候太窘迫了，越窘迫越敏感，其实你不过随口一说，而且也是关心我。那个区当然不好，去年还出了一个连环凶杀案，有个男人在网上找一夜情对象，最后对方来家里就都被杀了，杀到第四个才被抓。"

"我不是说这个。我是说我莫名其妙地过来，又那么走了，后来也没有联系你，是不是很混账？"

林微微没有想到，他们要在一家人均消费十五美元的拉面馆里把话说开，汤气氤氲，连隐形镜片上都浮动着白雾，她以为成年人意味着有些话再不会说开。她想了想："也没什么……你就是谨慎，谨慎又没有错。"

"我有什么需要谨慎的？你还能是连环杀手，杀我就是杀到第四个？微微，我后来反复想过，想不通自己为什么要这样……你肯定知道，我是喜欢你的，不然 one night stand 就是 one night stand，我不会先给你写信，又找个狗屁飓风的借口来你家。"

"我早就想通了。你是有点喜欢我吧，可能是的……但你也没有喜欢到什么都不疑惑的地步，有疑惑很正常，不正常的就算得上爱情了，但我们既然都没有到那一步，就只配得上过正常生活，你说是不是这样？……我们不说这个好不好？我不想说了，后来我的确想过，要是我们就是 one night stand 就好了，我们就记得 Albany 的那个晚上多好。真的不说这个了，你怎么样？女朋友看起来很合适。"

"是挺合适的，其实她是我前女友，这次又复合了，以前不合适，复合后不知道怎么就合适了，我们可能会结婚……你发现没有，只要自己都开始承认是挺合适的，除了结婚也不知道有什么路可以走。"

"结婚又没什么不好，合适，你也喜欢她。"

闵之突然看到她眼睛里去："微微，但当时我也喜欢你，喜欢你的时候感觉还要更强烈一些，可能强烈太多了……你说，我为什么没有想过和你结婚？"

林微微转头点了一份甜品，红豆抹茶蛋糕，说："我们老占着位置不点东西好像不行，你看门口排那么长的队。对了，你特意来找我到底什么事？"

闵之沉默了一下，终于说："我来跟你说说周明非。"

"他怎么了，是个坏人？"

"你们到了哪一步了？"

"上次其实哪一步都没有到。现在……现在不敢那么说了，那天晚上我去了他家，就是圣诞那天……他到底怎么了？"

"哪里有什么坏人，我们遇不到坏人……周明非是个很好的人，成绩一流，对朋友也贴心，会做饭，我吃过他做的八宝鸭，鸭肚子里装满糯米。但据我所知，他是……"闵之说到一半，换成英语，"Bisexuality。"

"Bisexuality, or homosexuality？ I'm not even sure bisexuality exists." 炸弹砰然炸开，却是一颗比林微微的预想要小得多的炸弹，"据说所有的双性恋其实都只是同性恋"。

245

林微微和我

"我也不清楚，但 JD 的同学都这么传，他们有几个人是完全出柜了的，周明非一直比较含糊。隔壁的酒吧，你刚才来的时候注意到没有，CUBBY HOLE，是西村著名的 gay 吧，今天我看到他们在同学群里约来这家喝酒，周明非应该也在，你要不要去看看？"

林微微也看到闵之的眼睛里去："不要。当然不要……我们走吧，谢谢你。"

后来也就是回家。洗澡水滚烫刺痛，林微微躺在床上终于清醒过来，想到那天在周明非家，结束之后她想去洗澡，周明非拉住她，在被子里圈住她的腰，把头埋在她的颈窝里，讨论一些现在无论如何回忆不起来的琐事。周明非做爱时有一种不该如此的温柔，神经质般重复她的名字，又一直吻住林微微额头上的碎发，直到高潮在轻微颤抖中来临。

林微微心怀疑惑，不明白他们为什么突然这样亲密，好像两个人都来自霍格沃茨魔法学校，都通过了幻影移形考试，能从一个点瞬间到达另一个点，中间的路程因为太过迅猛而一片空白。又想到刚才闵之打车送她，沿途自然冷场，林微微竭力用更多有关食物的话题填补空隙，闵之不声不响，下车时却突然拉住她，把舌头伸进她的嘴里，他说："微微，我总是想你，我没法不想你。"但一个吻只是一个吻，并不提供任何有关未来的暗示。

周明非发了几条微信过来，说自己在和朋友喝酒，问她在干什么，让她早点睡觉。这一条是用语音发的，大概是在酒吧的洗手间里，隐约有隔壁马桶轰然作响的背景声。他说："微微，你早点睡吧，明天下班你来我家好不好？我做饭给你吃，我没跟你说过吧，我会做饭，明天我去中国城买菜给你做八宝鸭，肚子里都是糯米那种，你喜不喜欢吃八宝饭？"

林微微喜欢八宝饭，尤其喜欢浸透猪油的枣泥，但她没有回这条微信。她想到那个晚上，最后终于洗了澡，她穿一件周明非的 T 恤做睡衣，迷迷糊糊中他说："微微，我有些事想和你说……就是一直不知道什么时候说好。"

林微微困得没法继续谈话，她打出连绵哈欠，说："那就再说吧，大部分事说不说都没关系的。"

周明非把手伸进 T 恤下摆，握住她的胸，他说："那你还是愿意和我试试吗？"

她转过头去亲他的脸："我们不是已经在试了？"

他们都学会了幻影移形，林微微想，她等待着那会到达下一个终点的哈利·波特瞬间。

5　自　贡　●●◖◖

　　元宵还是下雨，趁中午休息我打个车回到青岗岭，签了买房合同。一套二手毛坯房，一百二十平方，送二十平方花园，自贡的房价在今年年初猛然下跌，我加上手续也只花了四十五万，房主是个戴粗金链的光头，中介事先提醒我不要得罪他，"是个黑社会"，这个价格自然让黑社会不开心，骂脏话，又大声清痰，没有想到，黑社会也要关注房价问题。

　　签完字，我看到小区里的细叶榕是沉沉墨绿，雨中有女人穿着长到脚面的羽绒服，又拎着一塑料袋血红牛肉，血一路滴答，让人更觉湿冷。这个城市的冬天迟迟不走，苦死了等待的人。

　　我想告诉某个人自己买了房子，仅仅告知这个事实：我在自贡，我买了房子。在回单位的出租车上握住手机，翻了两轮通讯录，发现自己还留着任宁的号码，点进去看见我们最后的短信，我问他"下班没有，晚上吃什么"，他说"还不知道得多久，你要不先吃"，我说"不要，我等你"。后来我们都不再用短信，我拉黑了他的微信，我试图回忆那一个晚上我们在哪里吃饭，是不是打车回家，但记忆甚至没有留下混沌斑点，满是空空黑洞。

最后打给闵之，唯一的选择。他在某个听起来就温暖的地方，也许是羊肉汤馆，也许是火锅店，而我中午只在路边小摊上吃了一碗凉皮，一切都冰冷僵硬：凉皮，豆芽，海带丝，面筋，纸碗，我握住一次性筷子的右手。

闵之走到相对安静的地方，大概是马路边，我听到雨声，还有车轮碾过水洼的声音。他有点吃惊，却明显为我高兴："贡山一号啊？那离我买的房子很近，走路也就是十分钟，你那个小区我看过，全是榕树和黄桷树，有个人工湖。我那边小一点，但靠着湿地公园，还有个可以加热的室内游泳池。"

"嗯，你那个小区也好，但我这套是刚好遇到了，价格合适，我又想买个带花园的房子。你的房子打算装修的吗？还是就放着？"

"没想好，我那套房子也有点小，要是一家人住可能还是不舒服。你呢，你打算把这套房子装出来？"

"过完年就开始弄吧，两三个月装好，再晾几个月，秋天搬进去，我想在花园里种棵桂花，再弄个紫藤架子。"

"但是潘有光的房子已经那么大了，他那里也有花园，你何必这么折腾，以后结婚了，弄两个家照顾起来其实很麻烦，你这个房子反正买得便宜，不如放着。"

我迟疑了一下，没想到会有一天，我和闵之在电话里讨论另外一个男人："但是我们还没有那么确定，你觉得……

潘有光怎么样？"

"那天是第一次见面，不了解，但找不到什么理由说不好，对吧？你自己觉得呢？"

我不想太过掏心掏肺，为一种微弱的自尊心，没有告诉他潘有光的故事，就对闵之说："是挺好，他问我想不想结婚。"

"那你想不想？"

"想，但万一我选错了人呢？"

"错不到哪里去，大部分条件都摆在了台面上，就像他选你，就算再错，也都有限。关键是得想，想比选对人更难，难太多了。"

"你选尹小玲就是这么想的？"

"差不多，但我不喜欢说是我选她，我们互相衡量了一下，都觉得对方合适，然后我们都有点想。"

我下了车，雨下得更密，没有伞，只能站在屋檐下卖烟的小摊位旁边躲雨，老板正在和人下象棋，我看见他兵败如山倒，留下一个马和一个炮，他苦苦思索，视而不见那已经注定的结局。电话短暂沉默，但两个人都没有挂掉，我大概从那盘必败的残局中获得勇气，问闵之："欸，你说，我们……我们为什么什么都没有发生？"

更长的沉默，依然没有挂掉。然后闵之终于说："我呢，少一点信心。你呢，少一点诚意。本来就很悬乎的事情，这里少一点那里少一点，也就不成了……不过没关系，你看……现在我们不是都很好？"

挂完电话我没有去上班，去了潘有光的学校。自贡只有这么一所本科大学，校园气派，沿着主干道走十分钟才到达教学楼，路旁密密挨挨地种着紫荆，粉紫色花朵开败了，却依然挂在枝头，一片细看才能发现的颓唐。那天正好是四川省艺术类专业考试，几棵大树下摆满画板，有学生在空地上搭了帐篷，在帐篷前用固体酒精烧钢精锅，老坛酸菜面的味道战胜了一切，无端端漫出柔情。我突然想到有一年五月四号和任宁去北大，坐漫长的731，从东门进去，最后坐在未名湖边吃两个火腿芝士三明治，生菜咔嚓作响，任宁厌恶地避开沙拉酱，他厌恶这一天，厌恶我走在林荫道上一定要挽住他的胳膊，厌恶我永远漫出的柔情。后来我们打车回家，任宁说，公交车慢死人，回去又没有位置，一路要站两个小时。四环堵车，打车花了一个半小时，任宁睡着了，我一路用手机看一本网络言情小说，很烂的故事，但我看到了结尾，我总是坚持看到结尾。

潘有光和同事共用办公室，也是个不到四十岁的男人，我去了之后他就开始收拾资料，表示自己要去图书馆，明显对我们不满，但磨蹭了十分钟之后还是真的走了。潘有光说："喏，我们系另外一个副教授，今年我们中间只能升一个，他也知道大概会是我，教授就有自己的办公室了，比这间还要大一点，朝向也好。"屋内开了空调，并不舒适，我看到潘有光脸颊上有轻微的风疹浮动，他抱着一个玻璃水杯，胖大海渐渐浸开，像灰黑色海底生物伸出触角。

我好好打量了一下他，那天我们大都在黑暗中用手界定对方的身体，来到明亮的地方，我们是彼此的陌生人。闵之说得对，我不怎么认识他，但在摊上台面的部分，任凭我怎么睁大双眼，也找不到我能错到哪里的证据。我突然问潘有光："那个小姑娘的照片你有吗？"

他想了想，在手机里翻了很久朋友圈，最后找到一张，背景模糊的自拍照，因为搞不清楚用了什么滤镜，也看不出样子，只觉得年纪很轻，穿背带裙并不突兀，大眼睛下有可爱卧蚕。我问他："这几天她还在找你？"

"找过几次，我们见了一面，她好像想通了，也不提要去学校告我的事情了。"

"为什么突然想通了？"

"不知道，可能是意识到之前的行为很可笑，我跟你说过，她又不是坏人，只是心里有股气。去学校告对她有什么好处呢……一个小姑娘，被人写到微博和天涯去，一辈子别人搜她的名字都跳出来这件事……当然我也想到了，她可能是认识了别的人，这样多好，我们都认识了别的人。"

他给我倒了一杯水，从一个铁罐里拿出几片干柠檬。我突然意识到他求婚的前提已经消失了，就像找工作时接到的 offer，自己还在纠结，但当对方陡然收回 offer，却也有点心慌着急。

他又不知道从哪里掏出几颗冰糖扔进水里，继续说："微微，我现在没什么担心的事情了……但我还是想和你试试，这个星期我没找你，是想着你想好了会来找我。"

我不愿意把这次来他办公室定性为"想好了"，却实在找不到别的理由，空调直直吹到脸上，我知道自己也在慢慢浮起红斑。慌不择路之下，我问："但是……你觉得你爱我吗？万一我们在一起……你……你又一直不爱我怎么办？"青天白日，办公室里还有八十年代保温瓶，突然提到"爱"这个字，我只觉荒谬，却又从荒谬中，生出一点亲密。

潘有光本来一直站在书架前，他终于坐下来，看着我的眼睛："怎么说呢……你记不记得有一次我们打电话，你提到《生活大爆炸》，现在很多人都知道那个概念了吧？薛定谔的猫？在盒子没有打开之前，那只猫既活着，也已经死去，我们学物理的人很熟悉的一个量子力学概念……微微，我们的关系就是这样，我既爱你，也不爱你，你得打开盒子，是你的选择让某一种状态坍塌，你想让哪种状态坍塌？"

他招呼我去看他的电脑，屏幕上有一篇科普文章，潘有光用鼠标选出一段话："……这个原因是由'平行宇宙'（MWI）造成的，即当我们向盒子里看时，整个世界分裂成它自己的两个版本。这两个版本在其余的各个方面都是相同的。唯一的区别在于其中一个版本中，原子衰变了，猫死了；而在另一个版本中，原子没有衰变，猫还活着。在量子的多世界中，我们通过参与而选择出自己的道路。"

我突然意识到，它照亮了黑暗中我们不想面对的一切。我，任宁，闵之，潘有光，每一个平行世界中的所有人。我们的犹疑、软弱和决心。

回到办公室已经四点，我在五点接到短信："下班没有，晚上吃什么？"

我说："还不知道得多久，要不你先吃。"

他说："不要，我等你。"

办公室里的人逐次消失，我开始写今天最后一篇通稿，窗外天色墨黑，唯有雨点闪光。我无端端想，是我打开盒子，做出了正确选择。我们都是，是我们让那只猫活了下来。可能有无数个平行宇宙，但在这一个中，那只猫活了下来。

第五部

结尾或开篇

北 京　🌙 🌗 ○ ○

　　林微微又查了一次账户余额，没有错，上面有六十万，任宁在汇款附言上说："微微，你会拿这笔钱做什么？"她反复刷新网上银行的页面，反复看这句附言，茶几上一碗哨子面坨成一整块，豌豆颗变了色，红油半凝未凝。

　　林微微想，真的，我到底会拿这笔钱做什么？

　　这是六月底的北京，大雨将至，房子喝透了湿气，林微微皮肤敏感，只觉得浑身上下无处不痒。她有一个多月没有见到任宁了，最后一次见面是把房子卖掉的那个晚上，他们签完约去管庄建材城门口吃烤串，五月初喝下冰啤酒还会浑身一颤。除此之外，关于那个晚上的记忆是一碗坨掉的面，混杂着膻气四溢的羊腰子、带点血丝的烤羊腿、洒满辣椒面的疯狂烤翅、他们在天桥上的最后一个吻、天桥下面被轧死的一只小黄狗。任宁摸着她的头发，就像摸着一条死去的小黄狗，他问她会去哪里，装作对她的未来仍有兴趣。

　　任宁对她的未来没有兴趣。在林微微习惯用"我们以后"作为固定开头造句的时候，任宁则习惯于转换到另外的频道。他不是坏人，他只是有一种掩饰得极为失败的狡猾。

林微微说：我们以后去纽约好不好？我们都读一个 LLM，考到纽约州或者加州的 BAR，然后留下来。你看，我们这套房子要是卖掉，刚好够我俩读 LLM 的学费。

林微微说：我们以后回四川好不好？你看，我们这套房子要是卖掉，就可以回去买套大房子，带花园，种桂花和黄桷树，养两只猫。

原来走往任何一种未来，只需要一套卖掉的房子。

茶几上有一套塔罗牌，林微微在大阿卡纳中抽出三张，排出最简单的圣三角牌阵。一张逆位审判，幻灭，希望，优柔寡断。一张正位魔术师，事情的开始，行动的改变，野心。一张逆位命运之轮，无法修正方向，无终点循环。

林微微并不着急做出决定。她想，自己可以重煮一碗面，多加肉哨和豌豆颠，再细看这三张牌中有关命运的暗示。暴雨终于落下，发出轰然声响，风卷上窗帘，试图撕裂万物，这只是初夏的第一场雨，一切都还来得及。

2014 年 11 月初稿

2015 年 3 月修改

2015 年 10 月定稿

2021 年 8 月再次修订

257

结尾或开篇

图书在版编目(CIP)数据

微小的命运／李静睿著.—桂林:广西师范大学出版社,2022.8
ISBN 978 - 7 - 5598 - 5150 - 5

Ⅰ.①微… Ⅱ.①李… Ⅲ.①长篇小说-中国-当代 Ⅳ.①I247.5

中国版本图书馆 CIP 数据核字(2022)第 110578 号

微小的命运
WEIXIAO DE MINGYUN

出 品 人:刘广汉　　　　策划编辑:刘　玮
责任编辑:刘　玮　　　　助理编辑:钟雨晴
装帧设计:李婷婷　　　　营销编辑:姚春苗
广西师范大学出版社出版发行

（广西桂林市五里店路 9 号　　　邮政编码:541004　
网址:http://www.bbtpress.com　　　　　　　　　　）

出版人:黄轩庄
全国新华书店经销
销售热线:021 - 65200318　021 - 31260822 - 898
山东韵杰文化科技有限公司印刷
(山东省淄博市桓台县桓台大道西首　邮政编码:256401)
开本:890 mm × 1 240 mm　1/32
印张:8.5　　　　　　　字数:130 千字
2022 年 8 月第 1 版　　2022 年 8 月第 1 次印刷
定价:64.00 元